텅장이 돼도
오히려 좋아

텅장이 돼도
오히려 좋아

텅장이 될 수밖에 없는 이유

안녕하시바! 7년 차 시바 집사 쏭이님입니다. 저는 평소 유튜브 구독자 75만 명이 넘는 시바견 곰이탱이여우 채널을 운영하면서 "시바견을 키우면 어떤 점이 어려운가요?"라는 질문을 가장 많이 들어요. 그럼 저는 그간의 기억을 더듬어 봅니다.

눈이 오나 비가 오나 산책하러 나가는 게 힘든가? 아니면 자기주장이 강한 편이라 뻑하면 '안 가시바!' 하며 땡깡 부릴 때 힘든가? 그것도 아니면 아플 때 도와주고 싶은데 말이 안 통하니 답답해서 힘든가?

그렇게 기억을 떠올리다 보면 어려운 점이 한둘이 아니라는 결론이 나요. 마음 같아서는 아메리카노 시켜 두고 구구절절 이야기 나누고 싶은데 그러기엔 시간이 없고……. 이 많은 이야기를 어떻게 전달하면 좋을까 고민하다 결국 저는 이렇게 대답하고 말아요.

시바견은 귀여운 것 빼고 키우기 다 어려운 것 같아요……!

첫째 탱이를 데려온 이후, 저의 일상은 크게 바뀌었어요. 모임도 줄이고 좋아하는 여행도 자주 못 가고…… 혹여나 외식이라도 한 번 나가면 두고 온 시바들이 눈에 밟혀 종종걸음으로 집에 돌아갑니다. 그뿐일까요. 아파서 병원이라도 가면 그야말로 통장이 텅장이 된답니다. 하지만 시바들은 한번 빠지면 헤어 나올 수 없는 마성의(?) 매력을 가지고 있나 봐요. 매일매일 산책하러 나가서 힘들어도, 시바들을 모시다가 텅장이 되어도 보면 볼수록 아니, 볼 때마다 사랑에 빠져요.

저는 시바들과 7년이라는 시간을 보내며 울고 웃었던 일상들을 매일 일기장에 기록해 왔어요. 때로는 모시기 까다로운 시바들이지만 마음을 송두리째 뺏길 수밖에 없었던 다양한 에피소드를 이 책에 꾹꾹 눌러 담았습니다. 삼시바와 살아가는 생생한 이야기를 통해 강아지 집사님들과 공감하고, 강아지 집사를 꿈꾸는 예비 보호자들에게 조금이나마 현실적인 경험을 전달해 드리고 싶어요.

이 책을 통해 많은 분이 숨겨진 시바의 매력을 알아주신다면 더할 나위 없이 행복할 것 같아요. 부디 즐겁게 읽어 주시기를 바랍니다.

곰이탱이여우 집사
쏭이님

☙ 차례

부록

곰이탱이여우솜이 화보

🐾 우리 가족을 소개합니다

생일 2015. 07. 01

직업 시바예술종합대학교 3학년-유튜브 크리에이터학과

별명 쪼곰이(쪼꼬만 곰이), 쭈꾸미, 곰시코기, 식빵, 인절미, 시예종 여신

특징 앞발에 흰 양말을 신고 다닌다. 자기가 공주인 줄 아는 새침데기. 자기 주장이 분명해서 할 말은 다 한다. 쏭이님 껌딱지라 항상 쏭이님 무릎에 앉아 있다.

생일 2015. 03. 13

직업 국립 서울시바대학교 4학년-유튜브 콘텐츠학과 장학생, 현재 취업 준비 중

별명 탱탱이, 귀탱이(너무 귀여운 탱이), 탱이 형, 탄빵, 흑임자

특징 가슴에 멋진 불사조를 달고 있다. 보기엔 정말 듬직하지만 실은 개엄살쟁이. 그래도 K-장남답게 가족을 살뜰히 챙긴다. 평소엔 얌전하지만 고기나 간식 앞에선 애교가 많아진다.

생일 2018. 10. 04

직업 국립 인천시바대학교 1학년-체육 특기생(육상)

별명 흰뚱또(흰색 뚱보 돌+ㅣ), 뇌순여우, 반죽, 백설기

특징 하얀 귀, 등, 꼬리 곳곳에 콩고물이 묻어 있다. 시바답지 않게(?) 핵인싸라 개든 사람이든 가릴 것 없이 만나면 무조건 인사해야 한다. 특급 사고뭉치지만 솜이 앞에선 그야말로 세상 얌전한 댕댕이!

본명 백송희

직업 여집사, 쏭편님 아내, 솜이 엄마

특기 시바견 곰이탱이여우 유튜브 채널 콘텐츠 기획 및 편집, 시바 언어 마스터

특징 어릴 때부터 강아지를 키우고 싶었지만 엄두를 못 냈다. 그러다 쏭편님을 만나 함께 살며 용기를 내 탱이를 입양했다. 초보 집사에서 이제는 요리면 요리, 여행이면 여행! 삼시바의 행복을 위해서라면 텅장도 불사하는 찐집사가 됐다.

본명 김호연

직업 남집사, 쏭이님 남편, 솜이 아빠

특기 곰이탱이여우 놀아 주기, 산책 마스터, 일꾼, 만렙 운전자

특징 오래전부터 삼시바를 키우는 게 꿈이었다. 쏭이님을 만나 함께 살며 어느새 곰이탱이여우를 키우는 프로 남집사로 거듭났다. 솜이가 태어난 후 세상 제일 딸바보가 됐다.

생일 2020. 12. 25

직업 아기 집사

별명 솜솜이, 솜회장님

특징 온 가족의 귀여움을 독차지하고 있는 막내. 여우 언니와 단짝이다. 곰이탱이여우와 함께 장난감을 갖고 놀거나 산책하는 걸 좋아한다. 개 언니오빠가 하는 건 그저 다 따라 해 보고 싶은 아기 천사.

2015년 3월

블랙탄 엄빠 사이에서 태어난 작은 꼬물이 탱이. 우리 집으로 오기 전에는 장군이라는 이름으로 불렸다. 특이하게도 외할아버지는 곰이처럼 노란 시바. 탱이는 5남매 중에서 가장 못난이였지만 지금은 잘생긴 졸귀탱이 되었다.

2015년 4월

블랙탄 5남매의 탄생 소식을 듣고 강아지를 데려오기 위해 부산으로 갔다. 다른 강아지들은 서로 경쟁하듯 달려와 애교를 부리는데 탱이만 구석에서 경계하듯 나를 바라봤다. 한참을 경계하다 조심스럽게 나에게 다가온 탱이. 그리고 내가 만져 주니 머리를 비비며 애교를 떨기 시작했다. 그 순간, 나는 운명적으로 이 아이가 나와 함께할 강아지임을 직감했다!

2015년 5월

탱이로 결정하고 한 달 후, 3개월 된 시바 어린이 탱이가 우리 집으로 오게 되었다. 탱이는 낯선 곳에 왔는데도 무서워하지 않고 당당하게 집 안을 돌아다녔다. 아기 탱이가 혼자 자면 외로울까 봐 바닥에 이불을 깔고 같이 잤는데 탱이가 밤새 뛰어다니고 머리카락을 물어뜯는 바람에 한숨도 못 잤다.

2015년 5월

회사에 출근하면 탱이가 너무 보고 싶어 휴대폰에 사진과 영상을 가득 담아 다녔다. 그러다 휴대폰 저장 공간이 부족해져 유튜브를 저장 공간처럼 활용하기로 했다. 오래된 영상을 업로드한 후 휴대폰에서 삭제하고 새로운 영상을 찍었다. 그렇게 **시바견 곰이탱이여우** 채널이 시작됐다.

2015년 7월

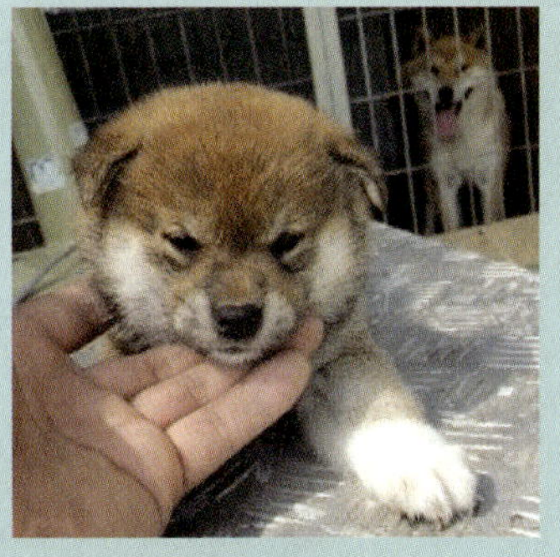

시바 3남매가 태어났다. 엄마는 블랙탄, 아빠는 적시바. 곰이는 3남매 중 가장 작게 태어났다. 보통의 시바들보다 다리가 많이 짧고 앞발에 흰색 양말을 신고 있다. 곰이와 같이 태어난 형제들은 각각 다른 곳으로 입양을 갔는데 놀랍게도 이름이 둘 다 마루로 지어졌다. 그래서 편의상 남 마루, 여 마루로 부르고 있다.

2019년 2월

블랙탄 아빠와 백시바 엄마 사이에서 시바 3남매가 태어났다. 원래는 이름을 솜이로 지으려고 했으나 북극여우와 너무 닮아 이름을 여우로 짓게 되었다. 함께 태어난 다른 백시바 여자 강아지 이름은 레모나인데 이 아이는 여우보다 에너지 넘치는 바보 개다.

2020년 4월

집에 작은 박새가 들어와 자고 있는 쏭이님 배 위에 잠깐 앉았다 집을 떠났다. 그리고 이틀 뒤 임신한 걸 알게 됐다. 아무래도 박새가 솜이를 데려다준 것 같다.

제주도 태교 여행

2020년 9월

곰이탱이여우와 제주도로 태교 여행을 떠났다. 임신한 후로 여행을 자주 못 다녀서 아쉬웠는데 태교 여행을 함께 떠나 너무 행복했다.

솜이 탄생

2020년 12월

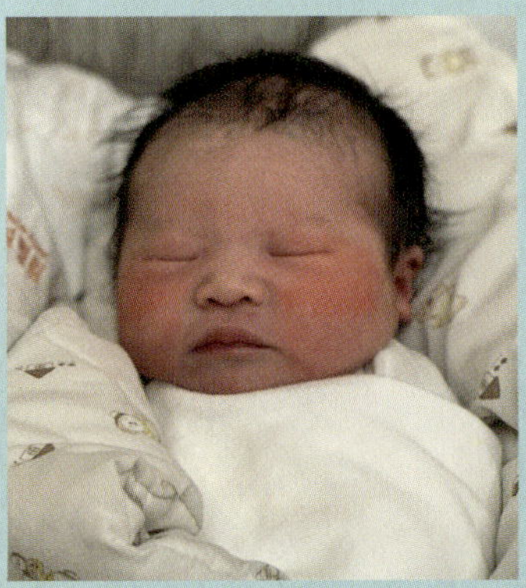

선물처럼 솜이가 세상에 태어났다. 현재 곰이탱이여우의 보살핌을 받으며 행복하게 자라는 중!

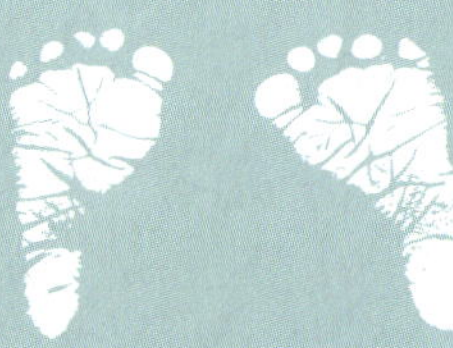

PART 1

개집사는 처음이라

- 곰이탱이 이야기 -

Chapter 1 🐾 꿈이 이루어지다

나는 어릴 때부터 강아지를 키우고 싶었다. 학교 마치고 집에 돌아
왔을 때 살랑살랑 꼬리 치며 날 반겨 주는 귀여운 강아지 친구가 있으면
얼마나 좋을까? 생각만 해도 정말 꿈만 같았다. 하지만 엄마는 나중에
내가 어른이 되면 키우라고 말씀하셨고, 너무 어렸던 나는 아쉽지만 훗
날을 기약해야 했다. 그래, 나중에 어른이 되면 꼭 강아지를 키울 거야!

하지만 막상 어른이 되어 현실에 발을 내디디니 나에게 강아지를 키
우는 건 사치였다. 대학 졸업과 동시에 취준생이 된 나는 취업 준비에
모든 에너지를 쏟았고, 운 좋게 곧바로 취업에 성공해 회사에 다니게 되
었다. 그렇게 업무와 사람에 치여 정작 내 몸 하나 돌보기도 어려운 날
들이 많아졌다. 월요일 아침만 되면 시름시름 앓다가 금요일 저녁만 되
면 멀쩡해지는 몹쓸 병에 걸려 버린 건 덤이고. 그래, 뼈 빠지게 돈 모아
내 집 사기도 퍽퍽한 현실인데 강아지는 무슨!

그 무렵, 평소 힘들어하는 나를 묵묵히 위로해 주던 호연이가 어느 날 진지한 표정으로 나를 불렀다. 도대체 무슨 일인가 싶어 물끄러미 쳐다보고 있던 내게 호연이가 무겁게 입을 열었다.

우리…… 강아지 키워 볼래?

호연이는 내가 너무 업무에만 몰두하고 있어 더 스트레스를 받는 것 같다고 했다. 만약 강아지를 키우게 된다면 지금보다는 훨씬 안정될 거라고. 자기는 어릴 때 강아지를 키워 본 경험도 있고, 둘이서 힘을 합치면 잘할 수 있을 테니 용기 내 보지 않겠냐고 나를 다독였다. 혼자서 상상만 하고 현실의 벽에 부딪혀 포기하기를 반복하던 때에 먼저 얘기를 꺼내 준 호연이가 정말 고마웠다.

하지만 설렘과 동시에 걱정이 앞섰다. 내가 선택한 일인데 단지 잘 모른다는 이유로 강아지를 힘들게 하면 어떡하지? 이런 내가…… 정말 강아지를 잘 키울 수 있을까?

내 인생에 반려하는 동물을 들인다는 건 무엇을 의미할까? 어떤 생명을 오롯이 책임져야 하는 일인 만큼 단순히 귀엽다고 덜컥 데려와선 절대 안 된다. 내가 말하고 행동하는 모든 것에 이 아이들은 큰 영향을 받는다. 그래서 결심하기까지는 많은 용기가 필요했다. 강아지를 키우지 않는다면 그냥 지금처럼 나와 호연이 둘만 잘 지내면 되지만 만약 키우게 된다면 내가 그 아이의 삶을 책임져야 하니까.

정말 오랫동안 고민했다. 그리고 그 오랜 고민 끝에, 나와 호연이는 강아지를 키우기로 했다. 쇠뿔도 단김에 빼라고 했던가. 우리는 곧바로 네이버 카페 '시바나라'에 가입해 공부를 시작했다. 지자체에서 개최하는 반려견 훈련 교육에도 열심히 참석하며 새로운 가족을 맞이하기 위해 철저히 준비했다. 좋아, 이론은 이 정도로 충분하고……. 이제 실전에 적용만 잘하면 문제없겠지?

하지만 이론과 현실은 달라도 너무 달랐다. 우리 집에 온 첫날부터 탱이는 밤새도록 온 집 안을 헤집고 뛰어다녔다. 살면서 이렇게까지 날뛰는 강아지는 처음이었다. 아니, 이런 상황은 이론 어디에도 없었는데! 신난 건지 뭔지 영문도 몰

랐고, 달랠 줄은 더더욱 몰랐던 나는 온종일 쩔쩔매다가 결국 밤을 꼴딱 새우고 출근했다.

그날 이후, 사실 정말 막막했다. 강아지를 키우는 건 내가 생각했던 것보다도 훨씬 더 어렵고 힘겨운 일이었다. 내 삶을 완전히 바꾸는, 아니 바꿔야만 하는 일이었다. 평범한 내 일상에 단지 탱이 하나만 들어왔을 뿐인데, 변한 건 셀 수 없이 많았다. 초반에는 탱이가 배변 훈련이 안 되어 있어 집 안이 온통 쉬야응아 천지였고, 한밤중에 화장실 가다가 밟는 일도 수두룩했다. (다행히 나중에 실외 배변으로 습관 들인 후, 이런 실수는 하지 않게 됐지만) 그뿐일까. 어느 날은 퇴근하고 돌아온 나를 보고 반가워서 펄쩍 뛰던 탱이가 갑자기 현관에 오줌을 지리기도 했다. 정말 수시로 쉬야응아를 치우는 게 일상이었다.

하지만 무엇보다도 크게 와닿았던 건 우리 부부의 생활 패턴의 변화였다. 출근 전과 퇴근 후 산책은 기본. 기다리느라 심심했을 탱이를 위

해 신나게 놀아 줘야 했다. 덕분에 호연이와의 여유로운 데이트는 물론 외식은 꿈도 못 꿨다. 친구들과 모임 갖는 건 거의 불가능한 일이 되어 버렸고 특히 호연이와 내가 가장 좋아하는 자전거 타고 국토 종주하는 건 말할 것도 없었다. 강아지를 처음 키우다 보니 힘든 건 물론이고 내가 포기해야 하는 것들도 하나둘 늘어만 갔다.

　　누군가는 이쯤에서 궁금해할지도 모르겠다. 그렇게 힘든데도 왜 계속 강아지를 키우냐고. 물론 '내 새끼'라 더 그런 걸지도 모르지만, 탱이는 힘든 걸 다 잊을 만큼 정말 사랑스럽다. 지금은 좀 시크한 중년 탱이가 되었지만, 유년 탱이는 나만 졸졸 쫓아다니고 이름을 부르면 한 번에 달려오는, 말 그대로 '집사 바라기'였다. 지금보다 호기심도 많았던 탓 에 이것저것 냄새도 맡고 친히 뜯어먹어 보

기도 하고……. 말 그대로 어디로 튈지 모르는 탱탱볼 같은 느낌? 그래도 힘든 날에 천진한 눈망울로 날 올려다보는 탱이를 볼 때면 저절로 웃음이 난다. 신기하게도 탱이와 함께하는 시간이 길어질수록 내 마음에 조금씩 여유가 생겼다. 그래서일까. 같은 일을 해도 예전만큼 힘들지 않았다. 그리고 해맑은 탱이의 모습을 볼 때면, 앞으로 이 아이를 지켜 주기 위해서라도 내가 더 단단한 집사가 되어야겠다는 생각이 들었다.

탱이야, 엄마가 더 단단해져서 평생 탱이를 지켜 줄게!

 개껌 한번 뜯었을 뿐인데

큰일 났다. 우리 작고 소중한 탱이를 데려온 이후로 잠시라도 탱이를 안 보면 너무 보고 싶어 죽을 것 같은 상사병에 걸려 버렸다! 회사에 출근해서도 '지금 탱이는 뭘 하고 있을까?', '탱이도 내 생각을 하고 있을까?', '이번 주 주말엔 탱이랑 어디 놀러 가지?', '사료 떨어졌는데 사료 사는 김에 탱이 장난감도 같이 사 줘야겠다!'…… 아주 꼬리에 꼬리를 물고 온종일 탱이 생각으로 머릿속이 가득 차 있다.

게다가 근무 중에도 탱이가 너무 보고 싶어 퇴근하기 전까지 휴대폰 갤러리를 들락거렸다. 사진도 좋지만 움직이는 탱이의 모습이 보고 싶어 짧은 영상을 자주 찍곤 했는데, 그러다 보니 16기가밖에 안 되는 빈약한 휴대폰 용량이 금세 다 차 버렸다.

새 영상을 찍으려면 기존에 찍어 둔 영상을 지워야만 했는데, 소중한 아기 탱이 영상을 지우려니 너무 아까웠다. 지우지 않으려면 기존 영상을 유지하면서 새로운 영상을 저장할 방법이 필요했는데, 마침 생각난 게 유튜브였다. 탱이 영상을 유튜브에 올리면 언제 어디서든 영상을 확인할 수 있지 않을까? 게다가 무료라 부담도 없고.

휴대폰 용량을 정리하는 김에 개껌 뜯는 탱이의 모습이 담긴 영상을 시작으로 묵혀 둔 영상들을 하나하나 올리기 시작했다. 그리고 사무실에 앉아 탱이가 보고 싶을 때마다 올려 둔 걸 꺼내 봤다. 사실 휴대폰으로 탱이 영상을 볼 땐 팀장님 눈치가 조금 보였는데, 유튜브에 올려 두니 일하는 척하며 컴퓨터 모니터로 탱이 영상을 맘껏 볼 수 있어 더 좋았다. 게다가 귀여운 건 크게 볼수록 좋다고, 보고 싶은 우리 탱이를 큰 화면으로 만나니 세상 행복했다.

그러던 어느 날, 출근 후 비타민처럼 꺼내 보던 탱이 영상에 '바견시'라는 닉네임을 가진 분이 영상을 더 자주 올려 달라고 댓글을 남겨 주셨다. 정말 신기했다. 내가 올린 영상을 누군가 보고 댓글을 남겼다는 것도, 다른 사람이 탱이를 보고 좋아해 주시는 것도. 그리고 우리 탱이의 모습을 보며 다른 사람이 함께 힐링할 수 있다는 것도!

　그 후로도 새 영상을 올릴 때마다 바견시 님이 댓글을 남겨 주셨는데, 댓글을 읽을 때마다 응원받는 기분이 들어 더 신나게 영상을 올렸다. 그렇게 영상이 쌓이고 구독자도 하루가 다르게 점점 늘었다.

　곰이와 여우까지 합류하고 정신 차려 보니 어느새 나의 채널은 75만이 넘는 찌바님들의 사랑을 받고 있다! 가끔 라이브 채팅이나 댓글로 곰이탱이여우솜이 영상 보며 힐링하고 계신다는 글을 읽을 때가 있는데, 그럴 때마다 다른 사람에게 조금이나마 도움이 될 수 있어 행복하고 뿌듯하다. 앞으로도 오래오래 많은 분들이 힘들 때 힐링할 수 있는 영상을 만들고 싶다.

Chapter 4

🐾 탱이 형을 소개합니다

우리 탱이는 블랙탄 시바다. 그것도 가슴에 불사조를 품고 있는 멋진 시바! 하지만 평소 겉모습만 보고 다양한 오해를 받는다. 특히 탱이를 가리키며 혹시 허스키 아니냐고 오해하는 분들이 제일 많았다. 그뿐일까. 우리 탱이는 귀가 쫑긋해서 그런지 종종 4살 남짓한 아이들이 탱이를 보고 "우와! 고양이다~!" 하고 놀라기도 한다. 이리 보나 저리 보나 내 눈엔 시바견이 분명한데…….

탱이는 사람을 정말 좋아한다. 그런데 그중에서도 특히 예쁜 누나들을 제일 좋아한다. 그래서 그런지 처음 보는 사람이라도 예쁘면 일단 반기고 보는데, 음……. 가끔은 주인이 바뀐 기분이 들어 섭섭할 때가 있다. 이렇듯 탱이는 사람을 좋아해서 마주치면 일단 격하게 상대를 반기고 본다. 하지만 탱이가 덩치가 크고 털이 까매서 그런지 탱이를 보자마자 소리를 지르거나 뒷걸음질 치는 분들

이 꽤 많았다. 강아지를 무서워할 수도 있으니 더 신경 써서 산책시키고 있지만, 한편으로는 겉모습만 보고 무서운 강아지로 오해받는 탱이가 안쓰러웠다. 그저 사랑받고 싶었을 탱이의 마음을 생각하면 괜히 속상하다.

탱이는 산책도 정말 좋아한다. 그래서 탱이를 데리고 밤낮 가리지 않고 자주 나가곤 한다. 하지만 밤 산책을 하는 날이면 까만 털 때문에 어디 있는지 잘 보이지 않아 반드시 불빛이 달린 하네스를 채워야 한다. 안 그러면 사람들 발에 차일 수 있다. 그리고 탱이는 밖에서 응아를 시원하게 하고 오면 기분이 좋은지 집으로 돌아와 그렇게 내 다리에 마운팅을 한다. 아이고! 아프다, 이놈아!

마지막으로 우리 탱이는 정이 참 많은 강아지다. 산책할 때마다 뒤

처지는 가족이 없는지 꼭 확인하고, 1년 만에 만난 가족도 잊지 않고 온 마음을 다해 반겨 준다. 평소엔 무뚝뚝하고 애교도 별로 없는 탱이지만 내가 힘들어할 때는 조용히 다가와 등을 붙이고 앉아 묵묵히 자리를 지켜 준다. 말 한마디 없이 특별한 위로를 건넬 줄 아는 듬직한 우리 탱이! 탱이야, 엄마가 많이 사랑해!

저건 내가 먹을 게 아닌 것 같다개……

탱이는 고기를 좋아한다. 많이 좋아한다. 탱이는 평소 내가 먹을 요리를 만들기 위해 주방에 있을 때면 얌전히 누워 쉬거나 창밖에 수상한 고양이가 지나가지는 않는지 정찰한다. 그리고 자기가 먹을 게 아닌 걸 아는 건지 아니면 어차피 안 주는 걸 알아서 그런 건지는 몰라도 탱이는 내가 주방에서 뭘 하든 심드렁하다.

이럴 땐 정말 세상 시크한 시바 탱이 같아 보이지만, 만약 내가 닭 가슴살을 삶고 있다면? 상황은 달라진다. 탱이는 자기가 먹을 수 있는 음식은 또 기가 막히게 알아서, 내가 닭 가슴살을 삶으면 옆에 딱 붙어 삑삑 새소리를 내며 울어 댄다. 이야, 평소 잘 짖지도 않던 우리 대학생 탱이를 무장 해제시키고 마는 고기의 위력이란!

분명 고기 냄새는 나는데 아무리 울어도 주지 않으니 마음이 급해진 탱이가 작전을 변경한다. 바로, 세상 간절한 눈빛 보내기! 장화 신은 고양이 뺨치는 촉촉한 눈빛으로 집사(라고 쓰고 고기라 한다)를 바라보는 것이다. 탱이는 이러면 집사 마음이 약해진다는 걸 아주 잘 알고 있다. 윽, 보지 않아도 느껴지는 이 눈빛……. 근데 탱이야, 이거 다 삶아야 먹을 수 있어! 조금만 기다려!

하지만 고기를 앞에 둔 탱이의 인내심은 생각보다 그리 강하지 않았다. 비장의 눈빛 공격이 통하지 않으니, 이번엔 주특기 '주세요 공격'을 준비하는 탱이. 사람처럼 두 발로 서서 앞다리를 위아래로 휘적휘적 흔들며 닭고기에 대한 간절한 마음을 온몸으로 보여 주는 공격이다. 탱이! 안 돼~! 기다려! 다 익어야 먹지!

생고기는 살모넬라균 등 위험 요소가 많아서 꼭 익혀 먹어야 한다. '주세요 공격'까지 하는 탱이를 보면 당장이라도 한 덩이 주고 싶은 마음이 굴뚝같지만 그렇다고 덜 익은 고기를 줄 수는 없다. 빠르게 고기를 익히는 데 여념이 없던 그때, 이번엔 어디서 비명이 들린다. 눈빛 공격도, 주세요 필살기도 통하지 않아 답답한 탱이가 이번엔 악악거리며 소리를 지르기 시작한 것이다.

내가 불쌍한 척도 계속하고, 애교도 부리고, 어? 그랬는데!
왜 안 주냐개! 빨리 고기 달라개!

눈을 동그랗게 뜨고 이글거리는 눈빛으로 나를 올려다보는 탱이!

당장 안 주면 나 진짜 화낼 거개!

꼭 나에게 이렇게 말하고 있는 것 같다. 정말 세상에서 가장 귀여운
협박범이 따로 없다.

 이 구역의 공감왕

오랜만에 멀리 산책을 다녀오는 길, 갑자기 바퀴 쪽에 경고등이 떴다. 도대체 이게 머선 일이고?!

도로 한복판이라 당장 멈추지도 못했다. 경고등을 무시하자니 위급 상황일 수도 있어 머릿속은 이미 백지상태. 간신히 잡은 멘탈로 일단 천천히 주행하며 근처 타이어 센터로 향했다.

산책이 끝난 뒤의 여유로움은 사라진 지 오래. 괜히 탱이까지 불안해할 것 같아 마음을 다잡았지만 불안감을 감출 수는 없었나 보다. 뒷좌석의 탱이가 삑삑 소리를 내며 울기 시작했다. 아무리 어르고 달래도 불안했는지 탱이는 계속 울었다.

탱이를 달래 가며 겨우 센터에 도착했다.
다행히 타이어의 공기압이 살짝 빠졌던 거였고
바로 공기를 채워 넣었다. 다른 문제는 없다 하
니, 정말 다행이다! 휴…….

무사히 집으로 돌아가는 길.
탱이가 갑자기 내 무릎 위에 올라
와 안겼다. 내내 걱정했던 걸까?
독립적인 탱이가 먼저 내 품으로
오다니! 탱이야, 아무 일 없대. 이
제 다 해결됐어!

내게 안긴 탱이 머리를 쓰다
듬으며 생각했다. 강아지들은 사
실 우리 이야기를 다 알아듣고 있
는 게 아닐까? 우리 눈치 빠른 탱
이가 불안하지 않도록 더 많이 안
아 주는 단단한 엄마가 되어야지.

탱이야, 엄마가 늘 우리 탱이
의 환한 미소를 지켜 줄게!

탱이는 꼭 고양이 같다. 내가 본 다른 강아지들은 주인이 오면 빨리 나 좀 안아 달라고 난리인데, 어째 탱이는 안기는 것도 별로 안 좋아하고 고양이처럼 의자나 소파 위 같은 높은 곳에 올라가 쉬는 걸 좋아한다. 응? 분명 강아지는 높은 곳을 싫어한다 들었는데? 근데 어찌 된 영문인지 우리 탱이는 걸핏하면 의자 위에 올라가 있다. 그럴 땐 정말 탱이가 고양이 탈을 쓴 댕댕이는 아닐까 의심스럽다. 꽤 합리적 의심인 것 같은데…… 우리 탱이……, 정말 소프트웨어는 고양이인데 강아지 하드웨어로 잘못 태어난 건가?

아니, 강아지보다 시크하기로 소문난 고양이도 개중에는 골골송을 밥 먹듯이 부르는 애교 많은 개냥이도 많다던데, 어째 탱이는 애교 많은 개냥이들보다도 훨씬 애교가 없는 걸까? 특히 내가 침대에 앉아 있거나 누워 있으면 탱이는 아예 다른 방에 가 있거나 자기 집으로 들어가 쉰다. 물론, 내키면 침대에 올라와 잘 때도 있지만, 그때도 내 몸에 자기 몸을 기대진 않는다. 정말 독립적인 시바가 따로 없다!

그리고 가끔 드는 생각인데, 탱이를 키우는 게 꼭 대학 들어간 큰 아들내미 하나 키우는 것 같다. 아마 탱이가 사람이었다면, 대학 들어가서 논다고 밤늦게까지 들어오지도 않고, 뭐 물어보면 단답형으로 대답하고, 엄마가 같이 데이트하자고 하면 쑥스러워서 뒷걸음질 쳤을 거다. 확실히 품 안에 들어오는 맛은 없어도 나의 첫 아들내미 탱이는 누구보다 듬직하다.

　이쯤에서 내 새끼 자랑 하나 또 늘어놓자면, 탱이는 가족들과 다 같이 산책하러 나가면 누가 누가 잘 따라오는지 항상 점검하는 세심한 시바다. 한 명이라도 뒤처지면 그 사람이 올 때까지 망부석처럼 자리를 지킨다. 언제는 내가 탱이에게 "할머니는 지금 꽃구경 중이시니까, 우리 먼저 갈까?"라고 말하며 손짓했는데, 탱이는 꼼짝하지 않고 할머니를 끝까지 기다려 줬다. 좀 무뚝뚝해도 누구보다 가족을 사랑하고 생각하는 스윗 시바 탱이.

　시간이 흘러도 탱이는 가족을 만나면 언제나 제일 먼저, 그것도 가장 반갑게 맞이해 준다. 한번은 큰아빠께서 장기 출장 갔다가 1년 만에 돌아오신 적이 있었는데, 탱이는 그날 큰아빠를 보고 목이 터지도록 울부짖으며 반갑다고 인사했다. 길 가다 우연히 만난 삼촌 집사 보고도 왜 여기서 삼촌이 나오냐며 꼬리 떨어지게 흔들고! 완전 난리 부르스~! 애교 없고 무뚝뚝하지만 그래도 누구보다 가족을 사랑하는 우리 탱이!

1 첫눈에

탱이를 처음 만난 날….
탱이 엄마
탱이 아빠
탱이 할아버지
아가 탱이
제일 못난이였던 탱이와 눈이 마주친 순간
무언의 이끌림은 강력했고
날 키우라개….
그렇게 탱이는 가족이 되었다.

2 🐾 탱이 왔다개

탱이가 우리 집에 처음 온 날….
DOG
여기가 바로 우리 집이….
쌩~
툭툭
킁킁
저….
정말 뜬눈으로 밤을 지새웠다.
ZZZ
일어나세요~
출근 시간….

  # 꾸꾸, 오빠가 생겼어요!

흰 양말을 신은 작은 아기 천사가 우리 집에 왔다. 이름은 곰이. 탱이는 아기 곰이가 마냥 신기한지 곰이 옆에 찰싹 붙어 앉아 냄새를 맡고, 곰이는 그런 탱이가 엄마 같은지 항상 탱이 뒤만 졸졸 쫓아다닌다. 심지어 잠을 잘 때도 곰이는 탱이 오빠 엉덩이에 얼굴을 파묻고 잔다.

쪼그마한 게 자꾸 쫓아다녀 귀찮을 법도 한데, 우리 착한 탱이는 아기 곰이가 그리 싫지 않은가 보다.

곰이가 집요하게 따라다니고 버릇없이 다리를 깨물어도 짜증 한 번 안 내고 신나게 놀아 주는 탱이. 안 그래도 곰이와 탱이가 서로 잘 지낼 수 있을지 많이 걱정했는데, 서로 싸우지 않고 잘 지내 줘서 참 고맙고 사랑스럽다.

회사에 있는 동안 곰이탱이만 집에 있다 보니 혹시라도 무슨 일이 생길까 걱정돼 집 안에 CCTV를 설치해 뒀다. 점심을 먹고 곰이탱이가 잘 지내고 있나 궁금해서 켜 봤더니 곰이랑 탱이랑 서로 꼭 껴안고 낮잠을 자고 있었다! 아, 심장 아파……. 나의 귀요미들아, 6시가 되면 바로 뛰어갈게! 그때까지 조금만 기다려 주개~!

Chapter 9 🐾 곰이는 사람이니?

나는 가끔 곰이에게 강력한 의심의 눈길을 보낸다. 정말이지 곰이를 보고 있으면 사람 같을 때가 한두 번이 아니다. 어떨 때는 강아지 탈을 쓴 사람이 아닌가 싶어 장난삼아 곰이 등을 더듬어 보기도 한다. 하지만 역시나 만져지는 건 두툼한 살가죽과 푹신푹신한 털뿐…… 오늘도 어제처럼 곰이 등살의 생사만 확인했다.

곰이는 정말 의사 표현이 분명한 아이다. 특히 자기만의 말로 의사 표현을 한다. '개가 말을 한다고?' 하며 의아해할 수도 있는데 정말로 곰이는 말을 한다. 다만 내가 쓰는 언어와 곰이가 쓰는 언어가 다를 뿐. 음……. 딱 잘라 표현하기는 어렵지만, 내 귀에 들리는 곰이의 말은 주로 '꾸꾸꾸~!', '꼬꼬….', '꾸우웅~!'과 같은 앓는 소리이다. 내가 익힌 곰이 말 사용법은 다음과 같다.

목마른데 물이 없을 때
우선 물그릇 앞에 붙어 앉아 물그릇을 앞발로 한 번 차고 '꾸꾸꾸꾸~!' 소리를 낸다.

배가 고플 때
집사 머리나 몸을 앞발로 한 대 툭 치고 '꾸꾸꾸꾸웅~!' 소리를 낸다.

심심할 때
장난감 하나를 물고 집사 앞으로 가서 툭 던진다. 그리고 '꾸꾸꾸~!' 소리를 낸다.

🐕 심기가 상당히 거슬릴 때

일단 미간을 한 번 찌푸린다. 그리고 곧바로 '**으르릉 깡깡!**' 하며 하지 말라고 짜증을 낸다.

🐕 벌레가 몸에 붙었을 때

일단 기겁한 후, 바로 몸을 털고 '**꾸꾸~!**' 소리를 내며 짜증을 낸다.

보다시피, 정말 다양한 상황에서 신기하리만큼 각기 다른 말을 구사한다. 솔직히 피곤하기는 해도 나는 늘 자기표현을 분명하게 해 주는 곰이가 너무 대견하다. 특히 아플 때, 내가 빨리 알아챌 수 있게 종일 '아이고, 나 죽는다!' 하고 앓는 소리를 내는 곰이가 안쓰러우면서도 참 고맙다. 그래, 이렇게라도 내가 너희에게 도움이 될 수 있어서 참 다행이야.

물론 가끔은 알아듣기 힘들 때가 있다. 그럴 땐 참 속상하다. 서로 같은 언어로 대화할 수 있다면 얼마나 좋을까? 시중엔 아직 엉터리 강아지 번역기밖에 없지만, 누가 제대로 된 번역기 좀 만들어 줬으면!

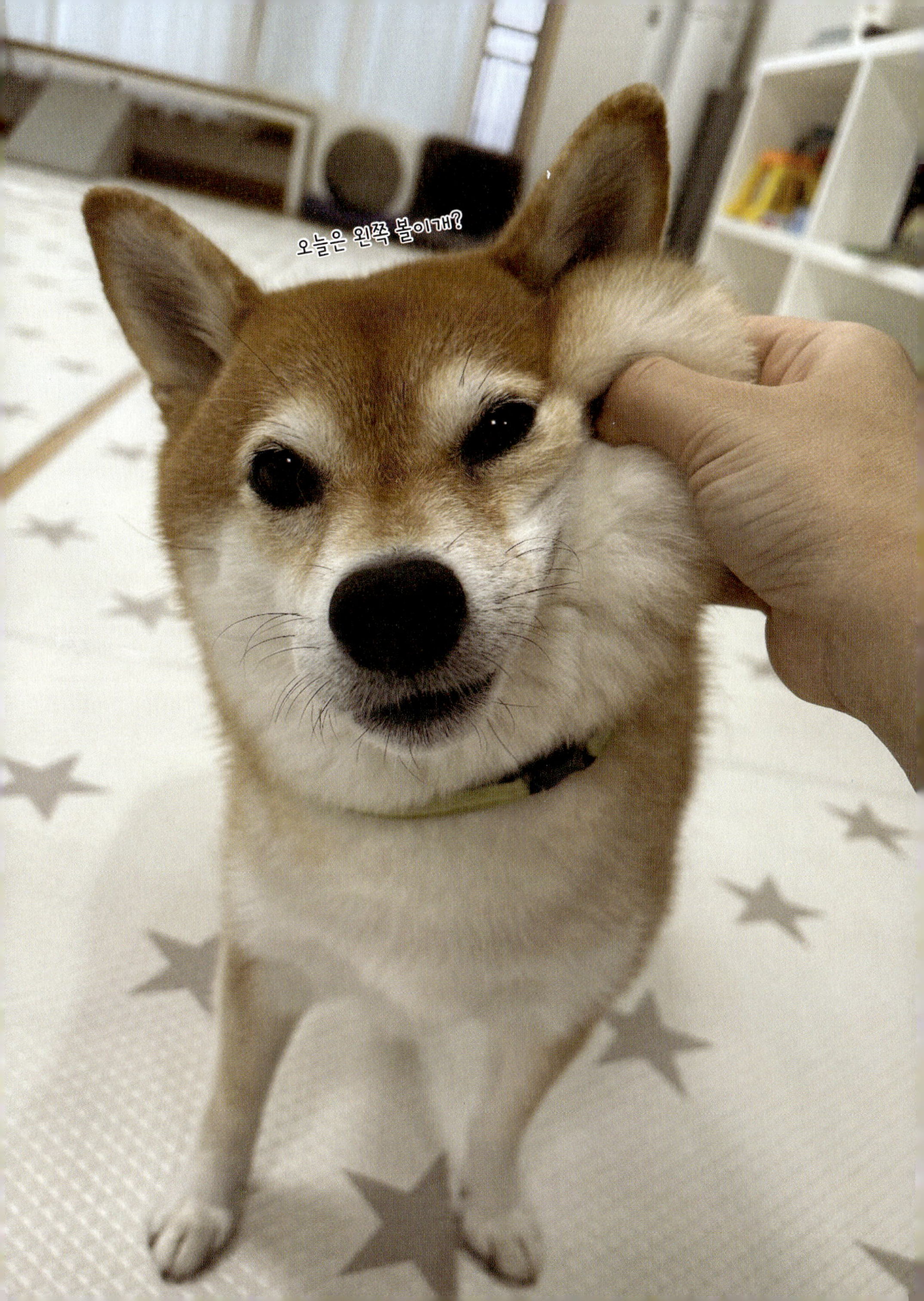

오늘은 왼쪽 볼이개?

만약 곰이가 엉덩이를 하늘로 들고 스트레칭을 한다거나, 꾸꾸꾸하고 아프다고 운다면 그건 분명 곰이가 배탈이 났다는 신호다. 곰이는 유난히 예민한 편이다. 그래서 그런지 다른 아이들보다 훨씬 자주 배탈이 난다.

　그 모습을 본 나는 안쓰러운 마음에 바로 곰이를 데리고 병원에 간다. 하지만 막상 내원하면 특별히 문제없다는 말을 듣는 경우가 대부분이다. 따져 보면 곰이가 배앓이로 병원에 가던 날, 늘 먹던 사료만 먹었으니 딱히 이상한 음식을 먹어서 그런 건 아닌 것 같다. 만약 토하거나 설사를 한다면 세균성 장염이거나 정말 어디에 문제가 있는 걸 텐데, 곰이는 누가 봐도 건강한 황금색 응아를 싸는 것도 모자라 아픈 아이 같지 않게 금방 이리저리 좋다고 뛰어다닌다.

지난번 내원했을 때, 수의사 선생님께서 곰이의 상태에 대해 쉽게 설명해 주셨다. 곰이처럼 예민한 아이가 배앓이하는 건 사람으로 치면 과민 대장 증후군 같은 건데, 이 세상에 곰이처럼 예민한 강아지들이 생각보다 많다고 하셨다. 다만, 멍멍이 과민 대장 증후군은 별다른 약도 없어 예민한 아이들은 집사가 세심하게 잘 돌봐 주는 것만이 답이라고…….

나도 장이 예민한 편이라 조금만 긴장해도 엄청나게 화장실을 들락날락하는 편인데, 곰이도 나처럼 긴장하면 배가 아픈가 보다. 거참, 가족은 닮는다더니! 어째 곰이는 닮아도 이런 걸 닮니? 정말 말도 안 된다는 걸 알지만, 곰이가 예민해서 아픈 게 꼭 날 빼닮은 것만 같아 마음이 아팠다.

병원에서 나와 집으로 돌아오는 차 안에서 곰이를 안아 배를 문지르고 만져 줬다. 곰이도 만져 주니 좀 괜찮아졌는지 머리를 내 품에 쏙 넣고 잠을 청한다. 엄마 손은 약손~! 엄마 손은 약손~! 우리 아기, 아픈 거 다 나아라~!

오는 내내 노래를 중얼거리며 집으로 돌아왔다. 집에 도착하니 곰이가 이번엔 등을 긁어 달라고 평소처럼 두툼한 등판을 들이민다. 그날, 나는 곰이 기분이 풀릴 때까지 곰이 전용 효자손이 되어 주었다.

결국 녹아 버린 곰이 손님

Chapter 11 🐾 버럭 대장 쪼곰이

평소 쌓아 둔 화가 참 많으신 쪼곰님. 이 쪼그마한 게 참, 한번 화가 나면 얼굴을 잔뜩 구기며 으르렁댄다. (근데 쪼곰아, 하나도 안 무섭고 세상 하찮고 귀엽다는 거 너만 모를 거야……) 물론, 진짜 화가 나서 앵앵거릴 때도 있지만, 아주 가끔은 그 모양새가 꼭 화내는 걸 즐기는 것 같다.

쪼곰이는 가만히 있는 탱이에게 자주, 그것도 갑자기 짜증을 잘 낸다. 언제는 곰이가 집 안에 들어가 머리를 밖으로 빼고 쉬고 있는데 탱이가 곰이 집 맞은편 벽에 자리를 잡고 누웠다. 그러자 곰이는 탱이가 자기 앞에서 얼쩡거리는 게 거슬렸는지 대뜸 불같이 화를 냈다. 꼭 '어서 안 보이는 곳으로 썩 꺼지라개!'라며 윽박지르는 것 같았다. 착한 탱이는 '그래! 치사해서 내가 간다개!'라는 느낌으로 어슬렁어슬렁 자리를 피한다. (대신, 눈으로 살짝 욕해 주고)

쪼곰이는 탱이뿐만 아니라 집사에게도 성을 잘 낸다. 곰이가 버럭 하는 이유는 꽤 다양한데, 특히 밥 달라고 할 때 그렇게 건치를 드러내며 잔소리를 해 댄다. 한번은 장난삼아 밥그릇을 빼앗아 봤는데, 그날 정말 눈으로 욕한다는 말을 단박에 이해했다.

하루에 정해진 짜증 할당량을 다 채우지 않으면 안 되는지 오전에 짜증을 안 내면 오후에 꼭 내고, 오전에 잔뜩 짜증을 내면 오후는 좀 조용하다. 예쁘게 생긴 얼굴에 그렇지 못한 성질머리를 가진 우리 쪼곰이!

곰이는 종종 자기 집이나 잠자는 쿠션 위에 내가 썼던 수건, 양말, 옷가지들을 물고 가 깔고 앉거나 핥는 걸 좋아한다. 그리고 바닥에 누울 때는 꼭 떨어진 옷가지 위에 누워 있다. 그럴 때마다 세상 편해 보이는 쪼곰이! 근데 얼핏 듣기로 강아지들은 사람들이 싫어하는 꾸리꾸리한 냄새를 좋아한다고 하던데……. 혹시 나에게 그런 냄새가 나서 곰이가 내가 썼던 물건을 좋아하는 걸까? 아니면 그냥 물건 모으는 독특한 취미를 가진 걸까?

곰이의 독특한 맥시멀리스트 기질을 알게 된 후로 나는 집에서 물건이 없어지면 일단 곰이네 집으로 향한다. 보통 곰이 집을 뒤지면 웬만한 물건은 다 나온다. 그리고 가슴 아프지만…… 내 애플 펜슬도 두 번이나 처참한 모습으로 곰이 집에서 발견되었다!

곰이는 언제, 어쩌다 이렇게 프로 맥시멀리스트가 되어 버린 걸까? 혹시 내가 너무 좋아서, 나랑 한시도 떨어져 있기 싫어서 그런 걸까? 아니, 만약 그런 거라면 평소처럼 내 옆에 껌딱지처럼 붙어 있으면 될걸. 지금은 왜 또 청승맞게 멀리 떨어져서 불쌍한 표정으로 물건 냄새만 맡는 걸까?

이 글을 쓰는 지금 이 순간에도 곰이는 구석에 수건 하나 깔고 누워 나를 물끄러미 쳐다보고 있다. 곰이는 지금 무슨 생각을 하고 있을까? 혹시 내 옆으로 오고 싶은데, 막상 너무 지주 가는 것 같아 부끄러워서 거리를 두고 있는 걸까? 이유야 어떻든, 우리 곰이는 집 안에서도 거리 두기를 철저하게 지키는 멋진 댕댕이다. 곰아, 그게 너의 개취라면 엄마가 존중해 줄게. 대신 수건에 털 박히면 곤란하니까 지금이라도 내 양말이랑 바꿔 줄래?

우리 집에 흰 양말을 신은 아기 천사 곰이가 왔다.

하지만 걱정과 달리 곰이는 오빠 탱이와 사이좋게 잘 지냈다.

그리고 서로 점점 닮아가는 것 같다.

4 🐾 엄살 그 자체

오늘은 곰이가 예방 주사를 맞는 날이다.
돈가스 먹자~!
오옷! 빨리 가자개!
난 치즈 돈가스로 부탁하개.
5분 뒤….
온갖 심한 욕 하는 중
감히 날 속였시바….
* 정말 주사기만 꺼냈습니다.
곰아, 왜 그래!

Chapter 13 🐾 내 동생 건들지 말개!

　　곰이와 탱이를 데리고 강아지 운동장으로 향했다. 탱이는 자주 와 봤지만, 아기 곰이는 오늘 강아지 운동장이 처음이다. 평소 탱이는 친구들과 뛰어노는 걸 정말 좋아해서 운동장 문이 열리자마자 뛰어나가 강아지 친구들과 놀기 바쁘다. 잡기 놀이, 모래를 앞발로 실컷 파헤치기, 이곳저곳 마킹까지 열심히 한다.

난 그런 탱이의 모습을 봐 왔던 터라 곰이도 탱이처럼 어렵지 않게 운동장에서 다른 강아지 친구들과 신나게 뛰어놀 줄 알았다. 즐겁게 뛰어노는 곰이를 상상하며 부푼 기대를 가득 안고 운동장 문을 열었다. 그러자 몰려오는 다른 강아지들! 하나둘 탱이와 곰이의 냄새를 맡기 시작했다.

이곳이 익숙했던 탱이는 리드 줄이 풀리자마자 뒤도 안 돌아보고 바로 뛰어 나갔지만, 곰이는 몰려드는 강아지들이 너무 무서웠는지 기겁하며 안아 달라고 꾸꾸거렸다. 사실 이 운동장에서 노는 강아지들은 흔히 말하는 인싸 강아지들이라, 곰이 입장에서는 부담스럽고 무서웠나 보다. 곰이는 많이 놀랐는지 계속 울어 댔다.

그때, 멀리서 그 소리를 들은 탱이가 다시 우리 쪽으로 급하게 뛰어 왔다. 그러고는 그래도 자기가 오빠라고 오빠 노릇을 하는지, 강아지 친구들에게 저리 가라고 날을 세우고 앙앙거리기 시작했다.

 야, 너네! 내 동생 건들지 말개!

그래도 식구라고 동생을 지키는 멋있는 오빠 탱이! 곰이도 탱이 오빠가 지켜 주니 마음이 조금은 놓였는지 그 이후로는 가만히 있었다. 나는 첫날부터 곰이가 탱이를 좋아해서 곰이가 당연히 다른 개들도 좋아할 줄 알았다. 그리고 보통 강아지들은 운동장에서 다른 강아지들과 뛰어노는 것을 좋아한다고 생각했다. 그런데 나중에야 강아지들도 사람처

럼 저마다 성향이 달라서 꼭 그렇지도 않다는 걸 알았다. 낯선 강아지들과 노는 걸 좋아하는 인싸 강아지가 있는가 하면 곰이처럼 소수의 친한 친구들과 소통하는 걸 좋아하는 강아지도 있다고 한다.

이 사실을 알고, 곰이에게 많이 미안했다. 그런 것도 모르고 무턱대고 곰이를 강아지 운동장에 데리고 가다니! 그날, 곰이는 탱이가 다 뛰어놀 때까지 고양이처럼 나무 기둥 위에 올라가 탱이가 노는 모습을 구경했다.

나 떨고 있개?

Chapter 14 ❀ 츤데레 탱이 오빠

곰이는 3남매 중 가장 작게 태어났다. 다른 두 마리는 몸무게나 키가 평균인데 유독 곰이만 다리가 짧고 몸이 작다. 그래서 그런지 곰이가 탱이 옆에 나란히 앉아 있으면 탱이는 엄청 거대해 보이고 곰이는 유독 쪼그맣게 느껴진다. 사실은 탱이가 큰 게 아니라 곰이가 엄청 작은 거지만.

　곰이는 탱이에 비해 몸집이 작고 힘도 약해서, 탱이가 맘먹고 곰이를 누르면 곰이는 꼼짝도 못 할 게 분명하다. 그런데 이 쪼곰이는 탱이오빠가 자기를 봐주고 있는 줄도 모르고 탱이 오빠에게 그렇게 잔소리를 해 대고 깐죽댄다.

　탱이 오빠가 잘 갖고 놀던 양말도 불쑥 뺏어가고, 뻑하면 앵앵거리며 탱이에게 짜증을 부리는 곰이. 오늘도 최애 분홍 지붕 집에서 곤히자고 있던 곰이가 그 앞을 지나가는 탱이에게 건치를 훤히 드러내며 앵앵거리고 있다.

　곰이가 짜증을 내면 속이 깊은 우리 탱이는 그냥 자리를 피해 준다. 평화주의자 탱이가 참아 주는 줄도 모르고 오늘도 오빠에게 깝죽대는 쪼곰이! 곰이야, 성질 좀 그만 부려~! 너 그러다 언제 한번 탱이 오빠한테 크게 혼난다~!

 🐾 물놀이는 좋지만, 목욕은 싫다개!

▲ 목욕 전 힙스터 곰

곰탱이는 물놀이를 좋아한다. 곰이는 어릴 때 종종 물그릇에 앞발을 담그고 첨벙첨벙하며 물놀이를 즐겼다. 탱이는 무더운 여름철에 계곡에 가면 시키지도 않았는데 계곡물에 뛰어들어 떠다니는 나뭇잎을 잡고 논다. 해변에 가면 모래 위를 신나게 뛰놀고 파도를 향해 돌진한다. 하지만 이렇게 물놀이를 좋아하는 곰탱이가 유독 물을 싫어하는 순간이 있는데……. 그것은 바로, 목. 욕. 시. 간.

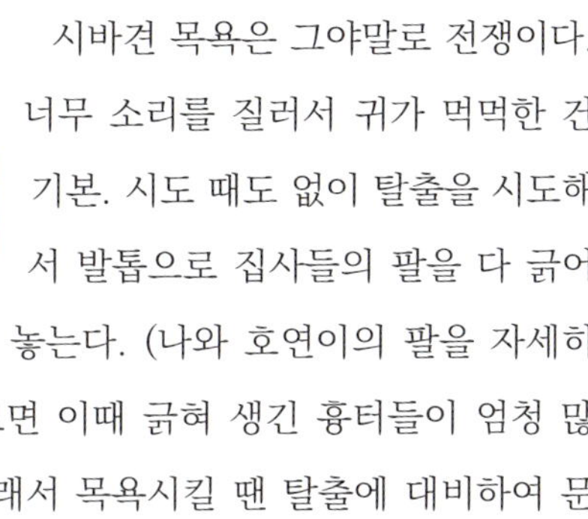

시바견 목욕은 그야말로 전쟁이다. 너무 소리를 질러서 귀가 먹먹한 건 기본. 시도 때도 없이 탈출을 시도해서 발톱으로 집사들의 팔을 다 긁어 놓는다. (나와 호연이의 팔을 자세히 보면 이때 긁혀 생긴 흉터들이 엄청 많다) 그래서 목욕시킬 땐 탈출에 대비하여 문은 꼭 잠그고 최대한 빠르게 끝내야 한다.

평소 의젓한 탱이도 목욕 시간만 되면 돌변한다. 그래도 곰이에 비하면 양반이지만, 목욕이 시작되면 침팬지 소리를 내며 빨리 끝내 달라고 징징대기 시작한다. 그리고 틈틈이 탈출 기회를 엿보기까지! 하지만 최종 보스 곰이에 비할 바는 못 되는데, 곰이는 일단 목욕 얘기만 나와도 자기 집으로 줄행랑을 친다. 물론 어차피 도망가 봐야 독 안에 든 쥐라 금방 잡히지만. 버티는 곰이를 잡아서 화장실로 소환하면 그때부터 우리의 본격적인 고생길이 시작된다. 워낙 격하게 몸부림쳐서 꽉 잡고 목욕을 시켜야 하는 탓에, 곰이를 안고 바닥에 앉아 샤워기를 틀어야 한다. 그래서 중간중간 내가 곰이를 목욕시키는 건지, 내가 곰이랑 목욕하는 건지 헷갈린다.

처음에는 집에서 곰이탱이를 씻겼는데, 너무 시끄러워 주변 주민들에게 민폐인 것 같아 되도록 강아지 셀프 목욕탕에 가서 씻기고 있다. 그리고 한곳만 계속 가면 사장님께 죄송해서 매번 다른 곳으로 장소를 옮겨 다닌다. 그래서 목욕은 두세 달에 한 번씩만 시키는데, 강하게 안

한다고 버틸 때는 6개월 이상 꼬질꼬질한 상태로 지낼 때도 있다. (냄새가 많이 안 나서 다행이야)

어느 날은 새로운 곳에 가서 곰이탱이를 멍빨하고 있었다. 근데 갑자기 사장님이 헐레벌떡 달려와 다급하게 잠긴 문을 두드리시며 혹시 강아지는 괜찮냐고 물어보셨다. 셀프 목욕 공간은 우리만 쓰는 공간이었기에 곰이탱이가 탈출할까 봐 문을 잠그고 목욕시키고 있었던 데다가 곰이탱이가 고래고래 소리를 지르니 사장님이 우리가 강아지를 때리는 줄 아셨나 보다. 자초지종을 설명하고 걱정 끼쳐 드려 죄송하다고 사과하면서도 한편으론 억울했다. 아니, 귀 아프고 피까지 본 건 우리인데 애꿎게 의심까지 받다니……. 어휴, 정말 서글프다!

▲ 목욕 중 분노 곰

 🐾 매일 바다에 살고 싶개

　머리가 꽉 막히고 고민이 많을 땐, 하던 일을 다 멈추고 일단 바다로 향한다. 오래 붙잡고 있어도 답이 보이지 않으면 차라리 시원한 바다를 보면서 머리 식히는 게 최고다. 그래서 오늘도 곰이탱이 사료와 이불 하나를 챙겨 무작정 동해로 떠난다. 바다까지 가는데 평균 3시간 정도 걸리니까, 곰이탱이의 체력 때문에라도 당일치기는 절대 불가능하다. 그래서 무조건 하룻밤 자고 와야 한다. 하지만 강아지와 함께할 수 있는 숙박 시설은 비쌀뿐더러 많지도 않아 미리 예약하지 않으면 당일에 바로 구하기 어렵다.

　그래서 우리는 그날의 날씨 혹은 몸 상태에 따라 차 안에서 또는 조그마한 텐트를 치고 잠을 잔다. 물론 씻는 게 불편하고 공간도 좁아 편히 자기는 힘들지만, 그래도 매 순간 곰이탱이와 함께하는 게 그저 즐겁다. 특히 곰탱이와 차 안에서 아름다운 바다 일출을 감상할 때가 제일 행복하다. 짧지만 아름다운 순간을 함께 공유할 수 있으니까.

　해가 다 뜨고 나면 본격적으로 바닷가 산책을 한다. 탱이는 하얗게 부서지는 파도를 잡아 보겠다고 오늘도 바닷물로 뛰어든다. 탱이야, 그거 못 잡는 거야! 들어가 봤자 허탕이라고! 하지만 매번 말려도 소용없다. 그 와중에 탱이는 막상 다리가 젖는 건 싫은지 바닷물이 닿으면 펄쩍펄쩍 뛴다. 곰이는 난리 치는 오빠가 못마땅한지 가만히 좀 있으라고 짖어 대지만 오늘도 탱이는 아랑곳하지 않고 오래도록 물놀이를 즐긴다.

　이렇게 콧바람 쐬며 힐링하고 집으로 돌아가면 분명 답이 없어 보이던 문제들도 완벽하지는 않지만, 해결 방법이 보이기 시작한다. 후! 역시…… 힐링하는 덴 바다 테라피가 최고라니까!

Chapter 17 🐾 특명, 맛조개를 잡아라!

　어릴 때부터 갯벌이 항상 궁금했다. 부산에서 태어나 20년 동안 동쪽에서만 살아서 그런지 푸른 물이 가득 차 있는 바다는 숱하게 봤어도 다리가 푹푹 빠지는 갯벌을 가 본 적은 단 한 번도 없었다. 그래서 TV에서 갯벌 체험하는 모습을 볼 때마다 너무 신기하고 재미있어 보였다.

　어느 날 호연이와 대화하다 이 얘기가 나왔다. 이왕 말 나온 김에 당장 갯벌로 떠나자는 호연이 덕분에 우리의 갯벌행은 빠르게 추진되었다. 그렇게 나와 호연이는 곰이탱이, 동생 부부와 맛조개 사냥 어벤저스를 결성해 갯벌로 떠났다.

　진짜 즉흥적으로 온 탓에 물때도 제대로 못 보고 왔는데, 다행히 마침 썰물 때라 갯벌 체험을 할 수 있었다. (틈새 물때 맞추기 꿀팁! 썰물 때보다 1시간 일찍 도착해서 체험을 시작하세요! 예를 들어 썰물 때가 오전 10시면, 9시까지 도착하시는 것을 추천합니다!)

체험장 사장님께 맛조개 잘 잡는 각종 꿀팁을 전해 듣고 다 같이 비장한 표정으로 물 빠진 바다로 걸어 들어갔다. 맛조개 구멍은 돼지코처럼 구멍 두 개가 나란히 뚫려 있는데 여기다 소금을 넣으면 맛조개가 바닷물이 들어온 줄 알고 착각해서 고개를 쏙 내민단다. 그때 손으로 확 움켜잡으면 끝!

맛조개를 본 곰탱이의 반응은 제각각이었다. 땅에서 쑥쑥 올라오는 맛조개가 이상한지 다가가기를 망설이는 탱이와 맛조개를 보고 일단 먹어 보겠다고 주둥이부터 내미는 곰이. 오, 역시 차세대 먹방 요정 곰이는 먹을 거 앞에선 편견 따윈 없구나. 근데 곰이야……. 이거 삶아서 먹는 거야……. 생으로 먹는 거 아니야! 나중 일이지만 여우 데리고 또 한 번 맛조개를 잡으러 갔는데, 그날 여우가 정말 땅을 열심히 팠다. 그렇게 여우의 흰 털은…….

응? 이게 뭐개?

먹는 건가?

콕!

5 🐾 탱이와 곰이 🎁

내놓으라개!
새로운
장난감인가 보개!

얘들아…?
아르르….
(으그 ㄴ 끄르그….)
우우우….
(으쁘흔트 즈르….)

그러나 이미 늦은 것 같다.

여기 신상 장난감 사 왔는데….

6 🐾 호텔 스위트룸

곰탱이와 부티크 호텔에 갔다.
체크인 하시바!

도른 개 모드 ON!
너무 좋아하는데….
여…열심히 돈 벌게.

계속 뛰어다니면 위험해서 간식으로 진정시키기로 했다.

효과는 굉장했다!

대동개지도

양양/강릉
강원도
인천
서울
경기도
울릉도
독도
충청
북도
충청
남도
세종
대전
경상북도
태안 안면도
전라북도
대구
울산
경상남도
부산
광주
전라남도
제주도
제주도 금오름

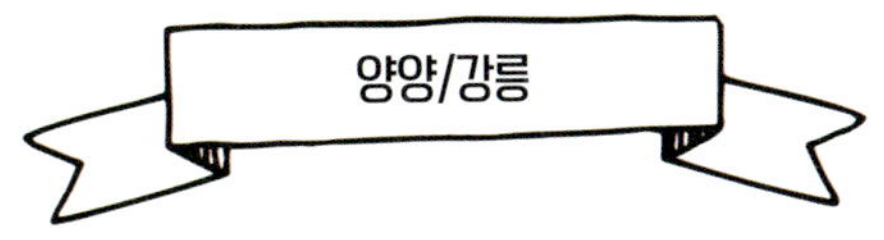

봄 여름 가을 겨울, 언제나 아름다운 곳!
탁 트인 동해 바다에 가면 고민도 시원한 파도에 다 털어 버리고 올 수 있다!
해변 도로를 따라 드라이브하고 한적한 해변에서 강아지와 산책하면 좋다.

🐾 양양-물치항 도루묵 축제

강아지와 바닷가도 구경하고 축제도 즐겨 보자! 도루묵 축제인 만큼 맛
좋은 제철 도루묵을 구워 먹을 수 있다. 도루묵이 작고 못생겨서 처음엔
징그러웠는데 먹어 보니 생각보다 맛있어서 놀랐던 기억이…….

🐾 강릉-강문해변

강문해변에 있는 소나무 숲이 강아지와 산책하기 좋다. 이곳에 햄버거
맛집도 있는데, 개인적으로 모짜렐라 가득한 수제 버거 추천!

강아지들과 함께 갯벌 체험을 할 수 있다.
맛조개 잡기부터 동죽조개 캐기까지!
즐겁게 체험도 하고 맛있는 조개 된장찌개도 끓여 먹어 보자!

※ 태안에는 강아지와 동반 가능한 양념&간장게장 집이 있는데,
거기서 게장이랑 갑오징어 볶음 세트를 꼭 드시기 바란다. 진짜 맛있다!

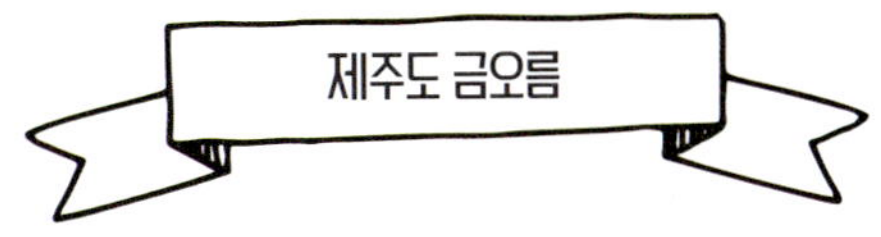

여긴 꼭 가 봐야 할 명소다!
꼭 한라산 백록담을 작게 만들어 둔 것 같다.

이곳은 석양 구경하는 곳으로 유명하다. 처음엔 우리도 석양을 보러 들렀는데, 사람이 너무 많아 구경도 못 하고 숙소로 돌아갔다. 아쉬운 마음에 다음 날 아침 일찍 갔더니 사람이 거의 없어 한적하게 아름다운 금오름을 구경할 수 있었다.

걸어서 10분에서 15분 정도만 등산하면 아주 아름다운 절경을 볼 수 있어 더더욱 추천하는 곳! 만약 반려견과 함께하는 제주도 여행을 계획하고 있다면, 하루는 제주도 금오름의 아름다운 풍경을 감상하는 건 어떨까?

PART 2

어서 와요, 텅장의 길로

- 곰이탱이여우 이야기 -

어느 날, 작고 하얀 북극여우가 우리 집에 왔다. 지난날을 돌이켜 보면, 탱이는 처음 데리고 왔을 때 이곳저곳 미친 듯이 뛰어다녔고, 곰이는 온종일 꾸꾸 소리를 냈다. 그런데 아기 여우는 가만히 앉아 우리만 바라보고 울지도 않는다. 세상에, 이렇게 얌전한 시바견도 있다니! 그래도 자기 딴엔 반가움을 표현하고 싶었는지 여우는 눈이 마주칠 때마다 이미 접혀 있는 귀를 더 바짝 접고 꼬리를 열심히 흔들어 댄다.

여우는 곰이탱이와 바로 합사하지 않고 서로 익숙해질 때까지 시간을 두기로 했다. 그동안 여우는 혼자 울타리 안에서 많은 시간을 보냈다. 곰이라면 꾸꾸꾸 울고 탱이라면 울타리를 한 번에 뛰어넘었을 텐데, 우리 천사 여우는 조용히 울타리 철창 사이로 주둥이만 쭉 쑤셔 넣고 간절한 표정으로 여기서 나가고 싶다는 걸 보여 주는 게 전부다. 아이고, 순해라! 순식간에 순하고 얌전한 여우의 매력에 푹 빠져 버렸다.

여우가 빨리 적응할 수 있도록 하루에 두세 번 울타리에서 나와 집을 탐색하도록 했다. 이때, 여우는 이곳저곳 냄새도 맡고 곰이탱이와 인사도 했다. 그렇게 하루 이틀……. 울타리를 나오는 횟수가 점점 늘어갈수록, 응? 여우가 달라지기 시작했다! 순하고 얌전했던 여우가 점점 곰이 언니에게 시비를 걸기도 하고 집 안 물건을 하나둘 씹어 먹고 다니기 시작했다.

곰이가 짖으면 여우도 짖고, 탱이가 신나서 뛰어다니면 여우 역시 그 뒤를 쫓아 뛰어다닌다. 휴지를 뜯어 놓는 건 이제 일상이고, 멀쩡했던 인형도 망가뜨려 버리는 여우의 괴력! 순한 양인 줄 알았는데 알고 보니 착한 척하는 여우였어! 아, 싸늘하다……. 여우에게서 곰이탱이를 뛰어넘을 무시무시한 도른 개의 포스가 느껴진다!

Chapter 19 🐾 왜 나를 예뻐하지 않나요?

아기 여우는 처음엔 산책을 무서워했다. 그래서 땅에 내려 두면 걷지도 못하고 그 자리에 주저앉아 있곤 했다. 아직은 모든 게 낯선 아기 여우. 우리는 여우가 편하게 적응할 수 있도록 여우를 슬링 백에 넣어 곰이탱이 산책할 때 함께 데려갔다. 그러면 한결 편안해진 여우는 얼굴만 쏙 내밀고 곰이탱이 쉬야응아하는 것도 보고 요리조리 세상 구경을 했다.

그렇게 집 밖을 나가는 연습을 여러 날 하니 여우도 금세 적응했는지 곰이탱이와 함께 산책하는 걸 좋아하게 되었다. 하얗고 쪼그마한 뽀시래기가 통통 튀며 걸어 다니니 지나가시던 분들이 여우를 많이 예뻐해 주셨다.

시　민: 어후~! 강아지 너무 귀여워요!
쏭이님: 감사합니다~!
여　우: (뿌듯)

우리 여우……, 가만 보면 은근히 관심과 사랑을 즐기는 눈치다. 만나는 사람마다 다 자길 예뻐하니 마냥 좋아한다! 나도 여우가 행복해하니 기분이 좋았다. 다만…… 문제가 있다면, 자꾸 예쁨만 받다 보니 이 세상 모든 사람이 다 자기를 좋아하는 줄 안다는 거다.

곰이탱이는 눈치가 빨라서 자기를 예뻐해 줄 것 같은 사람에게만 다가가 무한 애교를 떤다. 특히 우리 탱이는 예쁜 누나가 예뻐해 주면 방방 뛰고 이산가족 만난 듯이 인사를 하지만, 자기에게 별 관심이 없어 보이는 사람은 아주 깔끔하게 패스한다.

그런데 여우는 아직 아기라 그런지 그만한 눈치가 없다. 어느 날은 산책 중에 갑자기 가만히 서 있는 아저씨 앞에 자리 잡고 앉더니 혓바닥을 헤~ 하고 내밀며 초롱초롱한 눈빛으로 아저씨를 올려다보는 게 아닌가!

가만히 서 있는 아저씨에게 자길 예뻐해 줘도 된다고 선심 쓰듯 앉아 있는 여우.

아저씨: (횡딩) 아니, 너 왜 내 앞에 앉니? 빨리 갈 길 가!

당연히 예뻐해 주겠지 하고 자리 잡고 앉았는데, 난데없이 호통 당하니 당황한 아기 여우. 세상에……. 자기를 안 좋아하는 사람도 있다니! 제법 충격받은 얼굴이다.

곰이탱이는 그러든 말든 가던 길 가자고 재촉하고, 여우는 당황해서 우리 쪽으로 털레털레 다가온다. 에구……. 우리 여우! 예쁨 못 받아서 속상했어? 너무 속상해하지 마! 모든 사람이 널 사랑할 순 없지만, 그래도 너를 사랑해 주는 사람들이 훨~씬 더 많아!

Chapter 20 🐾 당신이 잠든 사이

요즘 여우 때문에 맘고생이 이만저만이 아니다. 우리 여우는 응아를 먹는 식분증이 있다. 처음 여우의 식분증을 알고 해결을 위해 이리저리 방법을 찾아봤는데, 원인이 정말 다양해서 정해진 훈련법이 따로 없다는 사실을 알았다. 아니, 대체 우리 여우는 왜 응아를 먹는 걸까? 사료를 너무 적게 먹어서라고 하기엔 배가 빵빵해질 때까지 사료를 많이 먹으니 그건 아닌 것 같고……. 아니면 순전히 응아 먹는 게 재미있어서 그런가 싶기도 하고……. 그렇게 원인도 모른 채 마음 졸이며 매일 여우를 신경 쓰게 되었다.

여우가 정말 미운 날이 있었다. 그날도 여우가 응아를 먹을까 걱정돼 아무것도 못 하고 온종일 여우 꽁무니만 쫓아다녔다. 심지어 여우는 곰이탱이가 응아를 하면 그 옆에서 응아가 떨어지기를 기다리고 있기도 해서 잠시도 눈을 뗄 수 없었다. 내가 화장실 가 있는 동안 응아를 먹으면 어쩌나 싶어 화장실에 같이 들어가기도 하고, 산책도 자주 하고, 틈 나는 대로 놀아 주고, 사료도 듬뿍 줬다.

그렇게, 그날도 무사히 넘어가는구나 싶었는데⋯⋯. 모두가 잠든 새 벽, 우려한 일은 벌어졌다. 잠결에 들리는 쩝쩝 소리에 깜짝 놀라 몸을 일으켜 보니 어느 틈에 이놈이 엄청난 양의 응아를 하고 거의 다 먹어 버린 것이다. 순간 짜증이 확 났다. 싸한 기류를 눈치챈 호연이가 자다 가 일어나 뒤처리를 했다. 그 와중에 어디서 또다시 역한 냄새가 진동하 기 시작했다. 여우는 응아만 먹으면 구토나 설사를 했는데, 이번에도 어 김없이 물 설사를 했다. 그동안 곰탱이 응아를 많이 치워 봐서 괜찮을 줄 알았는데, 그날따라 나도 모르게 구역질이 났다.

정신없이 환기하고 치운 뒤 손을 씻고 화장실을 나온 순간, 여우가 눈에 들어왔다. 내 기분을 알아챘는지 구석에서 불쌍한 얼굴로 날 올려 다보는 여우⋯⋯. 얼마나 아프고 서러웠을까. 내 화를 돋우려고 일부러 하는 행동이 아닌데도 지쳐 있던 나는 여우를 먼저 챙기지 못했다. 여우 의 마음을 알아줄 사람은 집사인 나 하나뿐인데. 여우의 처진 모습이 내 마음에 가시처럼 박혔다.

다음 날, 아침에 눈을 떴는데⋯⋯, 윽! 여우가 내 코를 핥고 있다. 완 전 무방비 상태였다. 기분 탓일까? 왠지 내 코에서 응아 냄새가 나는 것 만 같았다. 그래도 날 깨웠다고 세상 뿌듯한 표정을 짓는 여우가 참 귀 엽고 바보 같다.

Chapter 21

눈물의 개과천선

얼마나 시간이 지났을까. 이제 여우는 완벽하게 응아를 먹지 않는다. 심지어 다른 개 응아를 보면 피하기까지 한다. 장하다, 우리 여우! 나는 여우가 응아를 먹고 아파할 바엔 내 몸이 힘든 게 낫다는 생각으로 여우의 식분증을 고치기 위해 정말 끈질기게 노력했다.

첫 번째 방법은 여우를 실외 배변 강아지로 만드는 것이다. 아무래도 밖에서 응아를 하면 바로바로 치워서 응아 먹을 시간이 없다. 그리고 밥 먹고 바로 나가면 놀기만 해서 밥 먹고 10~20분 정도 소화시킬 시간을 준 후에 산책했다. 여우는 산책을 좋아하니 매일 행복하게 집을 나섰지만, 사실 집사들은 좀 힘들기는 하다.

두 번째, 최대한 많이 놀아 줬다. 이 세상에는 '장난감'이라는 더 재밌는 게 있다는 걸 알려 주기 위해 던지고 물어 오게 했다. 그랬더니 이제는 툭하면 장난감을 가져온다. 이제 여우는 잘 때도 장난감을 옆에 두고 잔다. 단점은 밖에 산책하러 나가면 장난감인 줄 알고 솔방울을 물고 다니거나 가끔 쓰레기를 물어 오기도 한다는 거…….

마지막 방법은 가장 쉽고 빠른 방법이다. 바로 맛있는 간식으로 혼쭐을 내는 것! 간식 연구소를 준비하면서 수제 간식을 연구하느라 매일 집에서 간식을 만든 적이 있는데, 당시 하도 많이 만들어서 곰이탱이여우가 먹고 남은 간식들을 동네 강아지에게 잔뜩 나눠 주기도 했다. 그때 온갖 산해진미를 맛본 여우는 온종일 간식 시간만 기다리며 점점 응아에 대한 집착이 줄었다. 다만, 효과는 확실하나 강아지의 탈을 쓴 돼지가 된다. 덕분에 여우의 식분증은 고쳤지만, 우리 여우는 그렇게 흰뚱또(흰색 뚱보 돌+I)가 되고 말았다. 어쨌든 지금의 여우는 나의 다양한 노력을 알아줬는지 응아를 정말 싫어하게 되었다. 휴~, 정말 다행이다.

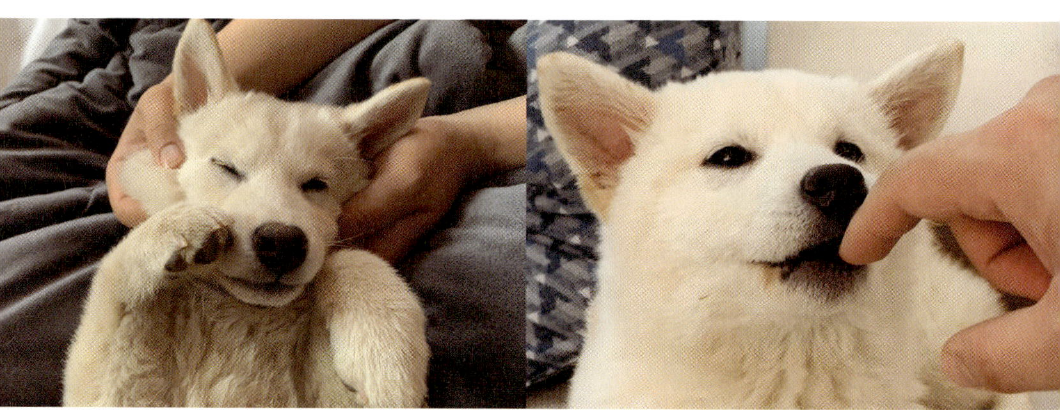

Chapter 22 용맹한 걸까, 뇌가 맑은 걸까?

사고를 자주 쳐 매번 언니 오빠에게 혼나는 막내 여우. 우리 집에선 여우가 사고를 치면 내가 혼낼 틈도 없이 곰이탱이가 달려가 여우를 호되게 혼낸다. 그 방법도 참 제각각인데, 곰이는 하찮게 앵앵 짖으며 혼내고, 탱이는 무섭게 한 번 짖고 여우의 뒷다리나 목과 볼살을 살짝 물며 혼낸다. 평소 아주 엄격하게 교육하는 탱이 덕분인지 여우는 그간 입질 한번 없이 바르게(?) 컸다.

지금은 탱이 오빠가 혼내면 눈치껏 잘 알아듣지만, 아기 시절 여우는 어른 탱이가 다가가기만 해도 지레 겁먹고 깨갱하고 배를 뒤집었다. 처음엔 엄격한 언니 오빠 때문에 여우가 맘고생하는 건 아닌지 내심 걱정했는데, 시간이 갈수록 몸집도 커지고 힘도 세지며 조금씩 자신감이 붙었는지 어느 순간 여우가 탱이에게 용맹하게 맞서기 시작했다!

이제는 여우가 도리어 탱이 오빠의 뒷다리를 깨물기도 하고 목덜미

나 볼살을 물고 늘어지기도 한다. 예상치 못한 여우의 반격에 잠시 당황한 탱이! 하지만 노련한 탱이는 쉽게 당하지 않는다. 여러 차례의 훈육으로 다져진 힘과 스킬로 반란군(?) 여우를 쉽게 제압한다. 오빠한테 까불었다가 호되게 혼난 여우는 결국 탱이 오빠의 힘에 못 이기고 배를 뒤집고 낑낑 소리를 내며 운다.

하지만 그렇다고 기죽을 여우가 아니다. 탱이 오빠가 무서워도 꾸준히 시비를 거는 여우! 탱이가 가만히 서 있으면 다가가서 응꼬 냄새에,

몸 냄새, 심지어는 얼굴을 쑥 들이밀어 입 냄새도 맡는다. 탱이가 얼굴을 찌푸리며 하지 말라고 경고해도 쓱 눈치를 보고 금세 또 까불기 바쁘다.

사실 예전부터 그랬다. 아기 시절의 여우는 탱이에게 혼날 때마다 무서워 오줌을 지리면서도 탱이의 목덜미를 물고 있었다. 처음엔 그 모습을 보고 너무 황당하고 웃겨서 여우에게 "여우야, 오빠한테 대들든지 오줌을 지리든지 하나만 해 줄래?" 하며 간곡히 부탁한 적도 있다.

대체 우리 여우는 왜 곰이탱이에게 혼나면서도 까부는 걸까? 용맹한 걸까, 아니면 뇌가 너무 맑아서 매번 까먹는 걸까? 오늘도 어김없이 뇌 맑은 여우의 머릿속이 궁금하다!

여우야, 눈치 챙겨……! 곰이 폭발 3초 전!

Chapter 23 🐾 이유 있는 애교

우리 여우는 정말 애교가 많다. 곰이탱이는 애교 없는 개시크 시바들이라 다가오기만 해도 설레고 황송한데, 여우가 다가오지 않으면 어디 아픈 건 아닌지 걱정부터 앞선다. 게다가 여우는 어마어마한 껌딱지 본능까지 탑재하고 있어 내 뒤꽁무니만 졸졸 쫓아다닌다. 덕분에 내 그림자가 여우인지, 여우가 내 그림자인지 헷갈릴 때가 많다. (사실 살짝 불편하긴 해도 귀여우니까 봐주는 거다)

나의 하루는 잠에서 깨자마자 내 품으로 제일 먼저 달려오는 여우를 안아 주는 것으로 시작한다. 그러면 여우는 세상 반가운 표정으로 폭풍 애교를 부리는데, 그런 녀석을 볼 때면 묵은 걱정도 싹 사라지는 기분이다.

여우의 애교는 장소를 가리는 법이 없다. 여우는 내가 화장실 갈 때도 쫄래쫄래 쫓아와서는 문 앞에 누워 나를 기다리다가 내가 일어나면 자기도 벌떡 일어나 다시 졸졸 쫓아온다. 그런 여우를 안아 들어 쓰다듬으면 여우는 귀 접고 눈 감고 격하게 좋아하며 내 얼굴을 핥는다. 세상 귀여운 우리 여우! 하지만 문득 의심스럽다! 여우는 정말 순수하게 내가 좋아 애교를 부리는 걸까? 왜냐하면…… 나는 보고 말았기 때문이다. 여우의 애교 눈빛에서 느껴지는 어떤 간절함을……!

　　넘치는 애교만큼 식탐도 남다른 여우는 매일 폭풍 애교가 휘몰아치는 아침 인사가 끝나기 무섭게 부엌으로 날 끌고 간다. 그다음, 눈빛으로 지금 배고프니까 밥 달라는 무언의 압박을 한다. 화장실에서 나온 후에도 마찬가지고. 나오면 빨리 밥 달라고 그러고, 평소에도 내가 뭐 먹나 관찰하고, 자기도 먹을 수 있겠다 싶으면 달라고 계속 찡찡댄다. 일기를 쓰고 있는 지금도 여우는 껌딱지처럼 내 옆구리에 꼭 붙어 바나나를 씹는 내 입만 올려다보고 있다. 가끔은 이런 여우의 애교가 자본주의 애교 같은 느낌이라 서글플 때가 있다. 우리 여우……. 다른 사람이 간식 준다고 하면 나 버리고 따라가는 건 아니겠지?

　　여우의 애교는 또 다른 순간에도 발휘된다. 바로 질투심이 폭발할 때! 평소 산책할 때 길에서 우연히 찌바님을 만나면 곰이탱이는 초면에

도 최선을 다해 반기며 애교를 부린다. 하지만 혼자 있을 때의 여우는 '누구세요? 저 아세요?' 하는 표정으로 시크하게 한 번 쳐다보고는 관심 없다는 듯 다른 곳으로 가 버린다.

하지만 곰이탱이여우가 다 같이 있을 때, 우연히 찌바님을 만난다면 상황은 달라진다. 삼시바일 땐 곰이탱이 못지않게 여우도 찌바님을 반긴다. 귀를 접고 꼬리를 흔들고, 요상한 소리를 내면서 말이다. 평소와는 다른 모습에 당황한 찌바님께 여우가 사랑받고 싶어 그러는 거라고 슬쩍 말씀드리면, 찌바님은 고개를 끄덕이시고 여우의 등을 만져 주신다. 한껏 기세등등해진 여우는 곰이랑 탱이를 엉덩이로 밀치고 찌바님 품에 쏙 파고 들어간다. 으이그~! 여우야, 곰이탱이가 사랑받는 게 그렇게 질투 났어? 아무튼 정말 못 말린다니까!

Chapter 24 🐾 **흰뚱또 우리 여우**

우리 여우는 참 잘 먹는다. 곰이나 탱이는 가끔 끼니를 거를 때가 있는데 우리 먹대장 여우는 조금이라도 배가 고프면 큰일이 나는 줄 알아서 절대 끼니를 거르는 법이 없다. 게다가 먹을 걸 위해서라면 불꽃 연기도 서슴지 않는 여우! 다양한 연기에 능통하지만, 그중에서도 배고픈 연기는 단연 일품이다. 오늘도 불쌍하게 쪼그리고 앉아 최대한 가련한 표정으로 밥 달라고 열연을 펼치는 여우 배우님. 이제 정말 할리우드 진출이 머지않은 것 같다.

수준급 연기력 때문일까. 여우에게 할아버지가 밥 주고, 할머니가 밥 주고, 호연이가 밥 주고, 내가 밥 주고……. 어쩌다 보니 여우는 만나는 가족마다 밥을 얻어먹는다. 온 가족이 여우에게 홀려서 계속 밥을 주다 보니, 분명 간식을 끊었는데도

여우의 몸은 나날이 불었다. 그렇게 매번 실패로 돌아간 여우의 다이어
트……. 하지만 더는 두고 볼 수 없다! 이렇게 계속 여우의 연기에 당한
다면 여우가 흰뚱또에서 흰뚱뚱또가 되는 건 시간문제일 테니! 위기감
을 느낀 우리 가족은 결국 곰이탱이여우 맞춤 식단표를 만들어서 밥 먹
이는 족족 표시하기로 했다.

규칙은 간단하다. 여우의
'밥 주세요' 눈빛을 마주친
누군가가 여우의 밥을 챙겨
주고 칠판에 밥 줬다고 표시
하는 것. 그렇게 칼 같은 규
칙 덕분에 여우는 아침저녁
하루에 딱 두 끼만 먹는 데
성공했다. 하지만 하루에 대여섯 끼 먹다가 갑자기 두 끼만 먹으니 적은
양이 아닌데도 여우가 공복 토를 했다. 강아지들은 위가 비어 있으면 위
를 보호하기 위해 노란 공복 토를 한다고 한다. 아무래도 여우는 그간
자주, 많이 먹는 습관 때문에 아침저녁 두 끼만 주니 적응이 안 돼서 공
복 토를 한 것 같다.

　여우의 이런 모습에 가장 많이 놀란 할아버지는 이때부터, 여우 얼
굴만 보면 너무 안쓰럽고 불쌍하다며 다시 여우 밥을 잔뜩 챙겨 주셨다.
심지어 우리 흰뚱또 여우가 너무 홀쭉해졌다며 여우만 산책을 데리고
나가 여우가 좋아하는 고구마와 각종 간식을 먹이고 들어오실 때도 있
었다. 그래서일까. 분명 다이어트를 시작한 거 같은데 여우의 몸이 어제
보다 더 불어 있는 것 같다. (기분 탓인가……?)

 # 오지랖퍼 여우

어딜 가도, 무엇을 해도 늘 호기심이 많아 먼저 스스럼없이 다가가는 여우. 여우는 붙임성도 좋아 처음 본 사람들과도 쉽게 친해지고 다른 강아지와 어울려 노는 것도 좋아한다. 그야말로 핵인싸 재질! 여우는 강아지 놀이터에 가면 일단 거기 있는 모든 강아지에게 먼저 다가가 응꼬 냄새를 맡으며 반갑게 인사한다. 그리고 이곳저곳을 돌아다니며 쉬야도 하고 응아도 하며 자기 왔다는 표시를 곳곳에 남긴다.

아직 끝이 아니다! 여우는 강아지들끼리 싸우고 있으면 꼭 중간에 끼어들어 개싸움을 말린다. 멍멍 짖는 강아지에게 여우가 월월 짖으며 싸우지 말라고 중재한다. 여우야……, 너도 여기 놀러 온 거야. 넌 또 왜 거기 끼어서 싸움을 말리고 있는 거야? 그러고는 나에게 다가와 세상 뿌듯한 표정으로 쳐다보는 여우. 이걸 칭찬해야 하나……. 아무튼 여우는 정말 못 말린다.

넌 어디서 왔개?

7 여우 왔다개

아기 여우가 처음 온 날
새 식구 왔다~!
?

곰이의 격한 환대에 결국…
이 언니, 오빠들 무섭개….
나와 보개!
….

여우만 따로 방에 풀어 주었다.
갑자기 올라가는 꼬리
오! 아무도 없시바.

하지만 그땐 몰랐다. 여우의 진짜 모습을….
흰뚱또
※ 흰뚱또: 흰색 뚱보 돌+I

여우가 오늘도 하네스를 맛있게(?) 씹는다.

막내라 언니, 오빠의 물건을 물려받는 여우는 서럽다.

서러웠을 여우…. 그래서 준비했다!

오늘따라 여우의 기분이 좋아 보인다.

 🐾 강아지를 키우려면 한 달에 얼마나 들까?

강아지를 키우기 전, 가장 중요한 건 무엇일까? 바로 이 귀여운 생명체에게 돈을 쏟아부을 수 있는 마음가짐이다. 강아지를 키우는 데에는 생각보다 정말 많은 돈이 든다!

그렇다면…… 과연 예쁘고 깜찍한 강아지를 모시고 살기 위해선 한 달에 비용이 얼마나 들까? 내가 곰이탱이여우를 키우며 겪었던 경험을 바탕으로 계산해 보았다. 우선 한 마리당 들어가는 비용을 세 그룹으로 나눴다.

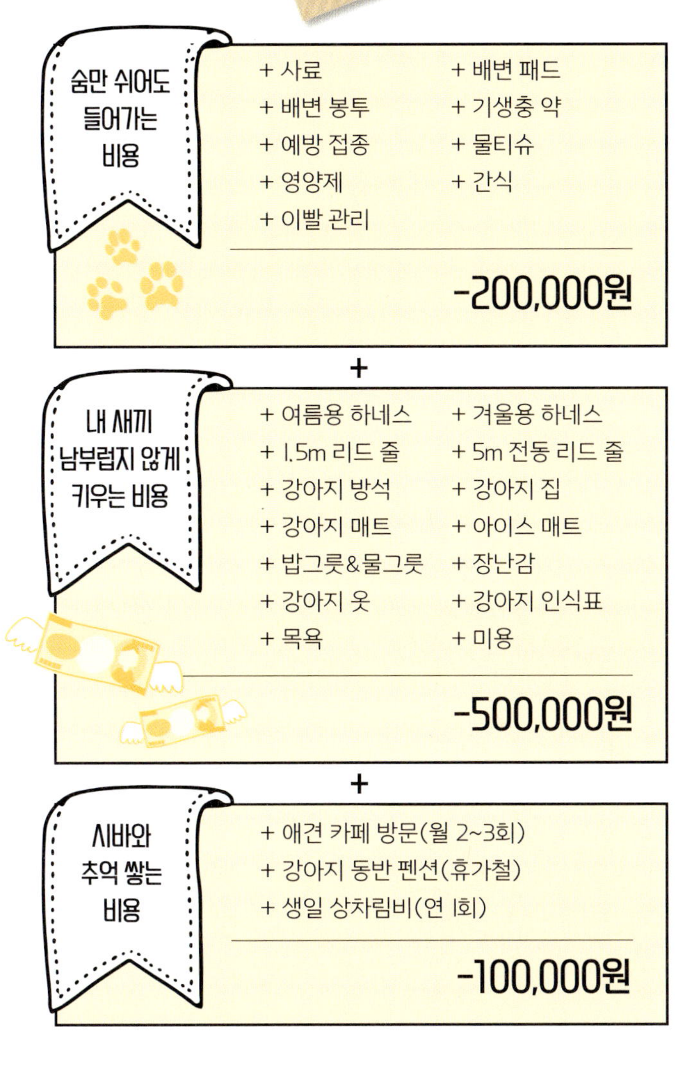
숨만 쉬어도
들어가는
비용
+ 사료
+ 배변 봉투
+ 예방 접종
+ 영양제
+ 이빨 관리
+ 배변 패드
+ 기생충 약
+ 물티슈
+ 간식
-200,000원
+
내 새끼
남부럽지 않게
키우는 비용
+ 여름용 하네스
+ 1.5m 리드 줄
+ 강아지 방석
+ 강아지 매트
+ 밥그릇&물그릇
+ 강아지 옷
+ 목욕
+ 겨울용 하네스
+ 5m 전동 리드 줄
+ 강아지 집
+ 아이스 매트
+ 장난감
+ 강아지 인식표
+ 미용
-500,000원
+
시바와
추억 쌓는
비용
+ 애견 카페 방문(월 2~3회)
+ 강아지 동반 펜션(휴가철)
+ 생일 상차림비(연 1회)
-100,000원
합계: -800,000원

〈첫 번째〉 숨만 쉬어도 들어가는 비용, 월 20만 원

최소한으로 강아지를 관리하는 비용. 사료, 배변 패드, 배변 봉투, 기생충 약, 예방 접종, 물티슈, 영양제, 간식, 이빨 관리 등 대략 20만 원이 들어간다. 곰이탱이여우는 3마리니까 대충 50~60만 원 정도는 아무것도 안 하고 숨만 쉬어도 깨지는 돈이다.

〈두 번째〉 내 새끼 남부럽지 않게 키우는 비용, 월 50만 원

여기서부턴 더 좋은 장비를 사냐 마냐의 싸움이다. 바로 장비빨! 더 튼튼한 하네스나 더 귀여운(!) 방석 등 새로운 용품은 계속해서 쏟아진다. 집사는 욕심이 생길 수밖에 없는 노릇. 여름·겨울용 하네스, 1.5m 리드 줄, 5m 전동 리드 줄, 강아지 방석, 강아지 집, 강아지 매트, 아이스 매트, 밥그릇&물그릇, 장난감, 강아지 옷, 강아지 인식표, 목욕, 미용 등……. 1년 치 비용을 12개월로 나눠 계산하면 한 달에 대략 10만 원이 든다. 여기에 강아지 유치원, 도그 워커 산책 서비스를 이용하게 되면 50~100만 원은 그냥 추가된다.

〈세 번째〉 강아지와 추억을 쌓는 비용, 월 10만 원

애견 카페에 한 번 다녀오면 3~5만 원은 우습게 나간다. 가서 음료수도 먹어야 하고 출출하면 군것질도 해야 하고……. 그래도 한 달에 두세 번은 가 줘야 하니까 최소 10만 원 정도 발생한다.

휴가철에는 강아지들과 함께 여행을 떠나는데 아무래도 강아지 동반 가능 펜션은 가격이 비싸다. 특히 마당까지 있는 곳은 1박에 최소 50만 원 이상은 각오해야 한다. 여기에 마리당 추가 요금 2만 원 정도 더 청구되니 예산을 넉넉하게 잡아 두면 좋다.

강아지 생일상 차리기도 만만치 않다. 흰 벽에 'Happy Birthday' 글자도 붙이고 테이블엔 각종 수제 간식과 강아지 케이크도 상다리 휘어지게 올려 둔다. 만약 동네 멍멍이 친구를 초대해서 파티도 하고 답례품도 돌리려면 족히 30~40만 원 정도는 준비해야 한다.

숨만 쉬어도 나가는 비용(20만 원) + 내 새끼 남부럽지 않게 키우는 비용(50만 원)+ 추억을 쌓는 비용(10만 원) = 20+50+10 = 80만 원, **1년이면 960만 원!**

만약 15년이면 한 마리당 약 1억 5천만 원에 가까운 돈이 든다! 그 외에도 한 번 갈 때마다 무섭게 쌓이는 병원비와 강아지를 키울 때 사용하는 내 시간, 그에 따른 기회비용까지 생각하면 확실히 강아지를 키우는 건 마이너스 통장을 가지고 있는 것과 같다.

텅장이 되어 가슴은 쓰리지만 곰탱여우의 사랑스러운 얼굴을 보면 도리어 기분이 좋아진다. 내 옷 사는 것도 줄이고 치킨 값도 아껴 가며 내 새끼만큼은 남부럽지 않게 키우고 싶은 게 모든 강아지 집사들의 마음 아닐까?

강아지를 키우는 건 아기를 키우는 것과 비슷하다. 매번 좋은 것만 먹이고 싶고 좋은 것만 주고 싶다. 특히 강아지 용품을 고를 때 많은 고민이 되는데, 정말 저마다 기능도 다양하고 가격도 천차만별이다. 강아지 밥그릇만 봐도 천 원짜리부터 시작해서 30만 원 하는 것도 있고 하네스도 만 원짜리부터 20만 원이 훌쩍 넘는 제품도 있다.

물론 너무 비싼 제품은 사 줄 수 없지만 그래도 내가 구매할 수 있는 범위 내에서 이것저것 좋은 것으로 사 주려고 하다 보니 통장은 자꾸만 비어 간다. 그리고 멍멍이들도 좋은 건 알아서, 비싸고 좋은 이불을 사 주면 그 위에 올라가 꼼짝 않고 누워 있다. 물론 곰이탱이여우가 내가 사 준 물건을 다 좋아하는 건 아니지만, 나름 신경 써서 준비한 물건을 좋아해 주면 그렇게 기쁠 수가 없다. 이럴 땐 정말 돈 쓴 보람을 느낀다. 왜 이런 말도 있지 않은가! 마음으로 낳아 지갑으로 기른다!

　나와 호연이는 여행을 좋아한다. 그래서 국내 여행할 땐 곰이탱이여우도 꼭 데려간다. 다만 강아지와 여행할 때는 비용과 시간이 많이 든다. 반려동물 펜션의 경우, 시설이 좋은 곳은 가격이 비싸도 예약이 항상 꽉꽉 차 있기 때문에 서두르지 않으면 좋은 방을 잡을 수 없다.

　반려동물 동반 가능 식당도 일일이 찾아야 하고 그마저도 없으면 편의점에서 삼각김밥과 컵라면을 사 와 차 안에서 먹어야 한다. 편히 잠을 자기도, 밥을 먹기도 어렵지만 여행지에서 이리저리 신나게 냄새 맡는 아이들을 볼 때면 역시 잘 데려왔다는 생각이 든다. 여행 때마다 세 마리 모두 데리고 다니는 통에 지갑은 가벼워졌지만, 마음은 꽉꽉 채우고 돌아왔다.

Chapter 28 🐾 강아지 적금을 들고 있어요!

강아지를 키우며 가장 돈이 많이 들어갈 때가 언제일까? 바로 병원에 가야 할 일이 생길 때이다. 내 옆에서 항상 건강하면 좋겠지만 강아지를 키우다 보면 꼭 크고 작은 일로 병원에 가야 할 상황이 생긴다. 사람은 의료 보험이 있어 큰돈이 들어갈 일이 적지만 강아지들은 또 다르다.

병원에서 진료받고 약까지 타면 적게는 3만 원부터 10만 원까지 든다. 여기에 아이의 상태가 심각하다면 100만 원 이상의 지출을 예상하고 마음의 준비를 단단히 해 둬야 한다. 그리고 같은 질병이라도 몸집에 따라 약 값과 진료비가 다르다. (몸무게가 무거울수록 비싸집니다!)

곰이가 3살 때였다. 더 좋은 거 먹이겠다고 사료를 바꿔 줬는데 그 사료가 몸에 맞지 않았는지 곰이가 계속 입 주변을 긁고 알레르기 반응을 보였다. 게다가 곰이는 속이 안 좋으면 이것저것 아무거나 주워 먹곤

하는데 아니나 다를까 이번에는 비닐을 잔뜩 뜯어 먹었다. 너무 걱정돼 그 새벽에 곰이를 안고 24시간 병원을 찾아가 각종 검사란 검사는 다 했다. 그렇게 곰이와 병원에서 뜬눈으로 밤을 보내고 다음 날 퇴원을 하는데 병원비가 100만 원이 나왔다!

검사 결과, 수치가 다 정상이라 다행이었지만 무시무시한 병원비에 떨리는 손으로 카드를 긁을 수밖에 없었다. 그날 이후 나는 한 달에 15만 원씩 병원비 적금을 들기 시작했고, 그렇게 모아 둔 돈으로 탱이 건강 검진도 받고 곰이와 여우 중성화 수술도 받았다. 곰이가 떠돌이 개에게 물려 수술해야 했을 때도 마음 편히 사용할 수 있었다.

동물 병원 진료비는 병원마다 다르다. 그래서 과잉 진료를 하지 않는 명의를 찾을 필요가 있다. 그러기 위해서는 강아지 보호자들의 발품이 중요하다! 한 가지 꿀팁이 있다면, 강아지와 산책 나가서 만난 베테랑 보호자에게 병원에 대한 정보를 얻는 게 가장 정확하다는 것!

"어머~! 푸들이 참 예쁘게 생겼네요! 이 아이는 병원 어디 다니나요? 거기 선생님은 친절하시고 과잉 진료는 안 하시나요?"

이렇게 여쭤보면 다들 한마음 한뜻으로 자신들의 경험을 전달해 주신다. 지금 당장 아이가 아파서 병원에 가야 할 일이 없더라도 미리미리 정보를 알아 두면 만약의 상황에 당황하지 않고 현명하게 대처할 수 있다. 그리고 누군가 나에게 병원 정보를 물어보면 나도 모든 경험을 다 끌어와서 설명해 준다. 왜냐하면…… 다 똑같은 마음이니까!

 # 우당탕! 이사 대소동

전세 기간이 끝나서 새집을 알아보고 있는데, 갑자기 전원주택으로 이사 가자는 호연이! 응? 그게 무슨 말이야? 난 이번에 서울로 이사 가려고 했는데 시골이라니? 처음 들었을 땐 무슨 말 같지도 않은 소릴 하는 건지 황당했다.

　운전도 못 하는 내가 교통도 편리하고 마트도 쉽게 다닐 수 있는 도시 생활을 포기하고 시골 전원주택으로 간다면……. 으아, 정말 생각만 해도 막막하다! 하지만 호연이는 의지의 사나이였다. 망설이는 나를 설득하기 위해 시시때때로 달콤한 말을 속삭였다.

쏭편님: 자기야, 양평에 저렴한 전셋집이 나왔는데 회사도 차로 40분밖에 안 걸려! 생각해 봐. 삼시바가 마당에서 자유롭게 매일매일 뛰어놀 수 있어! 게다가 실외 배변만 하는 탱이는 급하게 쉬야 마려우면 이제 마당에서 할 수 있다고! 그러면 우리 이제 하루에 한 번만 산책하러 나가면 돼! 주말엔 마당에서 고기도 구워 먹고 불멍도 하자! 어때? 진짜 좋을 것 같지 않아?

호연이는 매일매일 나를 꼬드겼다. 그리고 정신 차려 보니……. 응? 어느새 양평으로 이사를 와 있었다. 아니, 이게 머선 일이고? 갑자기 시골 생활이라니? 그렇게, 우당탕 곰이탱이여우와 함께하는 전원주택 생활이 시작되었다!

처음에는 예상과 다르게 평온했다. 하지만 그 평온함도 잠시……. 다행히 출근 시간엔 차가 많이 막히지 않았는데, 퇴근 시간엔 차가 너무 막혀 호연이가 고생을 많이 했다. 게다가 거리도 멀어서 생각보다 많이 피곤해했다.

곰이여우는 쉬야가 마려우면 마당 문을 열어 달라고 문을 앞발로 톡톡 치는데, 탱이는 마당도 소중한 우리 집이라고 마당에서 절대 오줌을 싸지 않는다. 그렇다. 마당이 있어도 모태 실외 배변 댕댕이 탱이는 꼭 배변 산책하러 나가야 한다! 마당이 있지만, 여전히 부지런히 하루에 세 번 산책하러 나가는 탱이!

그리고 마당이 있으면 종일 뛰어놀 줄 알았는데, 정작 뛰어노는 건 한 5분 남짓이고 대부분 마당 데크에 누워 일광욕하며 보낸다. 도시에서 살 때, 집에 가만히 누워 있는 우리 시바들을 보며 뛰어놀 데가 없어 저렇게 힘없이 처져 있나 싶어 미안했는데, 정작 마당에서도 똑같은 걸 보니 원래 누워 있는 걸 좋아하나 보다. 오늘도 우리 집 에너자이저 여우만 열심히 뛰어다닌다.

Chapter 30 🐾 움찔움찔 시바견

곰이탱이여우는 내가 만질 때마다 몸을 움찔움찔하며 떤다. 평소 자는 모습이 예뻐 손을 뻗어 뭉툭한 발끝을 조심스럽게 만지려 하거나 앉아 있는 모습이 너무 귀여워 등을 쓰다듬으려고만 해도 화들짝 놀란다. 게다가 나를 빤히 쳐다보고 있는 게 너무 귀여워 머리를 쓰다듬으려 할 때도 곰이탱이여우는 움찔거리며 몸을 떤다. 아니, 얘들아……. 너희 분명 나를 보고 있었잖아! 정말 생판 남이 보면 내가 몰래 우리 시바들 때리는 줄 알겠다.

곰이탱이여우는 왜 그렇게 내 손길에 화들짝 놀라는 걸까? 그럴 때마다 괜스레 서운해진다. 물론 처음에만 살짝 움찔하고 그 뒤론 내 손에 몸을 맡기고 배를 뒤집어 애교를 부리기도 하지만. 그래서 더더욱 궁금하다! 왜 내가 처음 만질 때 우리 시바들은 몸을 살짝 떠는 걸까? 혹시 나를 신뢰하지 못하고 있는 건 아닐까? 다양한 생각이 꼬리에 꼬리를 물던 중, 강아지 행동 교정 전문가이자 수의사인 설채현 선생님을 만나 이야기를 나눌 기회가 있었다. 그날 정말 생각지도 못한 사실을 알게 되었다.

시바는 유전적으로 통증에 아주 예민해서 작은 자극에도 크게 반응하는 견종이라고 하셨다. 그래서 병원에 갈 때도, 목욕할 때도, 발톱을 자를 때도 다른 견종의 아이들보다 예민하게 반응하는 거라고. 난 그동안 곰이탱이여우가 그저 엄살이 심한 강아지라고만 생각했는데, 그게 유전적인 문제 때문이었다니……. 그동안 나의 관점으로만 생각하고 서운해한 거 같아 미안했다. 곰이탱이여우야, 앞으론 엄마가 너희가 놀라지 않도록 좀 더 신경 쓸게!

Chapter 31 🐾 매 순간을 소중히

여행을 와서도 탱이가 설사를 했다. 요즘 탱이가 설사하는 날이 부쩍 늘었다. 탱이는 아기 때부터 장이 약해서 고생을 많이 했다. 그래도 청년 탱이일 땐 조금 나아지는 것 같더니, 중년 탱이가 된 지금은 어째 더 나빠진 것 같다. 하긴, 탱이는 사람으로 치면 50~60대인 셈이니 어쩌면 당연한 걸지도 모르겠다. 내 눈엔 아직 예쁜 아기인데……. 시간은 왜 이렇게 빠른 걸까?

쓸쓸한 마음을 달래기 위해 탱이여우와 저녁에 곽지해변으로 산책
하러 나갔다. 해변을 걷던 탱이가 어둠 속에서 물고기를 발견했는지 물
에 뛰어들어 첨벙거렸다. 꼬리까지 흔들며 어린아이처럼 즐거워하는 탱
이를 보니 문득 안도감이 들었다. 이렇게 깜깜한 밤에 물고기도 잘 찾는
걸 보면 우리 탱이는 아직 건강하구나!

나는 그동안 미래를 걱정하느라 현재의 행복을 누리지 못했던 것 같
다. 앞으로는 곰이탱이여우와 함께하는 현재의 행복에 최대한 집중해야
겠다. 매일 우리 아이들과 더 많이 있어 주고 더 많이 사랑해 줘야지.

 # 강아지 목줄을 풀지 않는 이유

끼~익!

산책을 마치고 집으로 가는 길, 호연이가 다급하게 브레이크를 밟았다. 다급히 멈추자 뒤에 타고 있던 곰이탱이여우가 잔뜩 놀란 눈치다. 그때, 창밖으로 목줄을 하지 않은 흰 강아지가 총총거리며 우리 차 앞을 지나가는 게 보였다. 주인이 없는 강아지인가 싶던 찰나에 주인으로 추정되는 사람이 웃으며 유유히 우리 차 앞을 지나갔다. 만약 호연이가 천천히 운전하지 않았다면, 잠깐이라도 한눈을 팔았다면 그 강아지가 잘못됐을 수도 있겠다는 생각에 너무 아찔했다. 겨우 차를 출발해 집으로 돌아오긴 했지만 놀란 마음은 쉬이 진정되지 않았다.

곰이탱이여우와 산책하다 보면 종종 오프리쉬(Off-Leash) 강아지를 만난다. 그때마다 나는 해당 견주에게 다가가 오프리쉬 강아지의 목줄 착용을 부탁드린다. 하지만 거의 모든 견주가 "우리 개는 안 물어요~."라고 대답한다.

쏭이님: 알아요~! 착한 아이인 거! 하지만 이렇게 목줄 안 하고 다니면 착한 강아지가 다칠 수 있어요!

목줄 없이 자유롭게 뛰어다니다 야생 동물을 만나면 강아지가 무방비 상태로 몰릴 수도 있고, 낭떠러지에서 헛디뎌 그대로 떨어질 수도 있다. 도로로 뛰어들기라도 하면 차에 부딪힐 수도 있고, 인도에서는 자전거나 킥보드에 치일 수도 있다.

그래서 나는 반려동물 운동장처럼 울타리가 쳐져 있는 안전한 장소에서만 곰이탱이여우의 목줄을 풀어 준다. 목줄을 하고 있으면 생각보다 아주 다양한 위험 상황으로부터 강아지를 지킬 수 있다. 반려인이 자기 강아지에게 목줄을 착용시키는 건 비반려인에 대한 예의인 동시에 나와 반려견의 안전을 책임지는 최소한의 수단인 셈이다. 강아지를 정말 가족같이 사랑하고 아낀다면, 꼭 목줄을 착용시켜야 한다.

Chapter 33 🐾 아픈 말은 비수로 꽂힌다

아침에 늦장을 부리다 보니, 어느새 10시가 훌쩍 넘어 버렸다. 서둘러 준비해 곰이뗑이여우를 데리고 평소보다 조금 늦은 아침 산책을 나왔다. 구름도 예쁘고 하늘도 참 파란 날이었다. 다만 날이 더워 나무 그늘 우거진 산책로를 따라 걷고 있었다.

그때, 맞은편에서 파란색 조끼를 입은 어르신들이 우리 쪽으로 걸어오셨다. 날이 좋아서 그런지 노인 회관 어르신들이 단체로 산책을 나오신 것 같았다. "아이고 개가 예쁘네~!", "고놈 참 잘생겼다!", "세 마리 다 예쁘다~!" 등등 지나가시면서 한마디씩 인사를 건네주셨다. 산책로를 따라 기분 좋게 걷고 있을 때였다.

어후! 난 개 싫어!

어딘가에서 날카로운 소리가 들렸다. 물론 당연히 알고 있다. 강아지를 무서워하거나 싫어하는 사람들도 많다는걸. 그래서 나는 항상 사람들이 지나갈 땐 줄을 짧게 잡고 한쪽으로 걸어가거나 다른 사람들의 통행에 최대한 방해되지 않게 하기 위해 잠시 기다렸다가 걷는다. 오늘도 혹시나 곰이탱이여우를 불편하게 느끼는 어르신이 계실까 봐 긴장하며 최대한 조심히 걸었는데, 볼멘소리를 들으니 마음이 퍽 상했다.

분명 좋은 소리를 많이 들었는데도 그 미운 소리 하나가 마음에 비수로 꽂혔다. '신경 쓰지 말아야지!' 하면서도 무의식중에 계속 생각나 속상했다. 아픈 말이 특히 그런 것 같다. 그날 이후 다짐했다. 적어도 나는 지나가는 말이라도 아픈 말은 절대 하지 않기로!

 🐾 봄철, 유박 비료를 조심하세요

곰이탱이여우와 하동에 놀러 갔을 때였다. 끝없는 벚꽃길을 지나 한적한 다원에 들러 푸른 녹차밭을 바라보며 호연이와 쌉싸름한 차를 마셨다. 뼛속까지 초록 덕후였던 나는 조금만 고개를 돌려도 보이는 향긋한 새싹들의 향연에 기분이 좋았다. 곰이탱이여우 역시 처음 맡아 보는 녹차 나무 냄새가 마음에 들었는지 이리저리 코 박고 냄새 맡느라 정신없었다. 그때, 무심코 아래를 봤는데 여우가 무언가를 씹고 있었다. 급한 마음에 소리를 버럭 지르고 손으로 여우 입 안을 살폈다. 응? 이 사료처럼 생긴 까만 물체는 뭐지?

이 물체는 나무 사이사이 한 바가지씩 뿌려져 있었다. 근처에는 '유박 비료'라고 적힌 포대가 보였고, 거기엔 개나 고양이가 먹으면 안 된다고 쓰여 있었다. 순간, 여우가 잘못될까 무서웠다. 바로 근처에 있는 동물 병원 두 군데에 전화해서 상황을 설명했는데, 유박 비료는 강아지들이 좋아하는 향이 나고 모양도 사료 모양이라 시골 댕댕이들이 산책하다가 먹고 병원에 많이 온다고 하셨다. 섭취 2시간이 지나면 중독 증상이 일어나 침을 흘리거나 토하고, 심하면 강아지가 사망에 이를 정도로 위험하다고. 나는 불안한 마음을 누르고 병원을 찾았다.

다행히도 수의사 선생님은 여우를 진찰해 보시더니 큰 걱정 안 해도될 것 같다고 말씀하셨다. 보통 종이컵 3분의 1 수준으로 먹어야 치사량인데, 여우는 입 주변에 침 흘린 자국도 없는 걸 보니 먹지는 않고 냄새만 맡은 것 같다고. 그래도 내가 너무 불안해하니 해독 주사와 약을처방해 주셨다. 병원을 나오니 비로소 마음이 놓였다. 어휴, 못난 집사들 때문에 우리 여우가 고생이 많다. 특히 강아지와 여행할 때는 아이들을 꼼꼼하게 지켜봐야 한다. 방심하는 순간, 정말 큰일 날 수도 있다.

Chapter 35 🐾 실외 배변 댕댕이

  몸을 잔뜩 웅크린 탱이가 응꼬에 힘을 주니 따끈따끈한 갈색 응아가 나온다. 탱이는 매일 잘 먹고 많이 싼다. 깔끔쟁이라 집에서는 물론, 마당에서도 응아를 안 한다. 그래서 하루에 두세 번 쉬야응아를 위해 산책하러 나가는데 신중하게 자리를 찾는 탱이를 보고 있으면 나도 모르게 웃음이 난다. 그리고 조금 변태 같을 수 있지만 나는 탱이가 밖에서 시원하게 응아하는 걸 보면 그렇게 기분이 좋아진다.

  탱이뿐만 아니라 곰이와 여우 역시 산책하러 나갈 때마다 이리저리 냄새를 맡으며 사뭇 진지한 표정으로 최적의 응아 자리를 찾는다. 조금 급한 날은 나오자마자 아무 데나 막 싸는데, 급하지 않은 날은 한참을 돌아다니며 고민한다. 이 녀석들은 밖에서만 응아를 하려고 하니 산책

나올 때 꼭 응아를 하고 들어가야 나중에 밥도 잘 먹고 논다. 그래서 그런지 곰이탱이여우가 응아를 안 하면 내가 더 초조하다.

마침 최적의 장소를 찾은 곰이가 뱅글뱅글 돌며 응아 자세를 잡는다. 이제 힘만 주면 되는데 갑자기 지나가는 자전거에 놀라 다시 일어난다. 아, 진짜 거의 다 왔는데……. 자전거 때문에 기분이 좀 상했는지 자세를 다시 고쳐 잡은 곰이. 이럴 땐 진짜 헛웃음밖에 안 나온다. 그렇지만 사실은 나도 화장실 문제에 상당히 예민한 편이라 아무 데서나 볼일 보는 걸 어려워하기에 곰이탱이여우를 이해한다.

당연한 얘기지만, 아이가 응아한 장소의 뒤처리를 깔끔하게 해야 한다. 나도 곰이탱이여우를 키우지만, 가끔 응아가 널브러져 있는 꼴을 보면 마음이 안 좋다. 곰이탱이여우가 다른 멍멍이가 싸 놓은 응아 근처에 자기 응아를 쌀 때가 종종 있다. 그래서 뒤처리하려고 보면 따끈하고 말랑한 곰이탱이여우 응아 옆에 가끔씩 딱딱하게 마른 응아가 보인다. 그럴 때면 이왕 곰이탱이여우 응아를 치우는 김에 다른 강아지 응아도 같이 치운다. 다만 기분이 좀 이상하다. 곰이탱이여우 응아는 비닐로 집어 들어도 아무렇지 않은데 왜 다른 개 응아는 느낌이 이상하고 더럽게 느껴질까? 정말 혼란하다, 혼란해!

9 🐾 곰이와 여우 🌑

또 시작이개!
움찔
곰이 언니야, 놀자개!

아웅다웅 즐거운 시간을 보내던 곰이와 여우.
퍽
※특기: 선 넘기

하지만 곰이가 미간을 찌푸리기 시작하고 얼마 지나지 않아
아르르
여… 여우 없개….

여우의 다음 타깃은….
To Be Continued….

10 탱이와 여우

의젓한 탱이는 여동생 여우와 잘 놀아 준다.

아무튼 잘 놀아 준다.

지금 시각 새벽 5시 15분. 오늘은 평소보다 한 시간 정도 일찍 눈이 떠졌다. 습관적으로 휴대폰을 찾으려고 몸을 일으키니 식빵 방석 위에서 자다 일어나 귀를 접으며 나에게 다가오는 여우가 보인다. 여우는 내가 새벽에 물을 마시거나 화장실이라도 가면 나에게 다가와 늘 아는 척을 한다.

여우는 내가 머리를 쓰다듬으면 귀를 접고 몸을 바들바들 떨며 좋아한다. 그럴 때마다 이 아이가 날 얼마나 사랑하는지 온몸으로 느껴진다. 여우가 잘 자다가 나 때문에 깨는 거 같아 미안한 마음에 늘 여우 눈치를 보면서 조심스럽게 일어나지만, 번번이 실패다.

여우의 온 신경은 매 순간 나와 호연이에게 집중되어 있다. 내가 무의식적으로 뒤척일 때마다 여우는 고개를 들고 나를 봤겠지? 당장 잠들지 않으면 내일 피곤할 텐데 여우는 그런 건 전혀 생각하지도 않는 것 같다. 세상에서 이 아이의 전부는 나와 호연이, 그리고 곰이탱이인 것 같다.

　그러다 문득 얼마 전 산책길에서 만났던 늙은 시츄가 생각났다. 그날따라 탱이가 나를 막 끌고 가는데 (평소 탱이는 내가 가자고 하는 길만 쫓아오는 타입이다) 그곳에 눈이 잘 보이지 않는 늙은 시츄 한 마리가 예쁘게 미용을 한 상태로 버려져 있었다. 낙엽 위에서 몸을 바들바들 떨며 웅크리고 있던 아이……. 누가 봐도 길을 잃은 것 같지는 않았다. 나는 아이와 함께 있다가 양평군 동물 보호과에 연락해서 사진과 함께 아이가 유기된 위치를 설명했다. 이후 아이가 무사히 구조됐다는 답변도 받았다. 그날은 종일 가슴이 먹먹했다.

　이 새벽에 내 품에 폭 안겨 편안한 얼굴로 잠들어 있는 여우를 보니, 문득 그날 버려진 늙은 시츄가 지금은 잘 지내고 있는지 궁금해졌다. 미용도 예쁘게 되어 있고 살이 통통하게 올라 있던 걸 보면 맛있는 간식도 많이 먹고 분명 주인의 사랑을 많이 받았던 아이 같은데……. 여우가 그렇듯, 그 시츄 역시 세상의 전부는 자신을 버린 주인이 아니었을까? 이 세상에서 자신의 전부라고 굳게 믿었던 존재에게 무참히 버려졌을 때 혼자가 된 두려움도 컸겠지만, 내 전부로부터 버려졌다는 사실이 가장 충격이었을 것이다.

그 시츄도, 여우도, 그리고 곰이탱이도 주인이 완벽하게 돌보진 못해도 괜찮으니, 눈 감는 날까지 주인 곁에 있고 싶겠지? 서툴고 부족할지 몰라도, 엄마가 무슨 일이 있어도 우리 곰이탱이여우 마지막 순간까지 그 곁을 꼭 지켜 줄게. 곰이탱이여우야, 정말 많이 사랑해!

[훈훈한 tmi] 우연히 듣게 된 소식! 유기되었던 시츄는 좋은 곳으로 입양 갔다고 한다. 세상 모든 강아지, 동물들이 가족들과 행복하게 살 수 있기를!

여전히 풀리지 않는 의문 하나! 시바들은 왜 이리 집을 나가고 싶어 할까? '시바나라 카페'에 올라오는 글을 쭉 읽어 보면 시바들이 유독 탈출을 많이 하는 편인 것 같다. 그래서인지, 다른 강아지들은 하네스를 고를 때 예쁘거나 편한 걸 고르는 반면, 시바 견주들은 웃프게도 '이거 입으면 빠지지는 않으려나?'를 1순위로 고려하는 것 같다.

의젓한 우리 탱이마저 지금까지 탈출한 전적이 무려 세 번이나 된다. 한번은 탱이가 3살쯤이었나, 수원에 살 때였다. 집에 손님이 찾아와 문을 열었는데, 내가 손님맞이로 정신없는 틈을 타서 탱이가 그대로 집 밖으로 나가 버렸다. 너무 놀란 나머지 신발도 안 신고 맨발로 탱이를 쫓아갔는데 다행히도 골목 맞은편에서 오토바이를 타고 오던 아저씨께서 신나게 뛰어가던 탱이를 막아 주셔서 겨우 잡을 수 있었다. 골목 끝나면 찻길이었기에 정말 아찔한 순간이었다.

또 내가 곰이와 간식 연구소에 있을 때, 호연이는 탱이와 여우를 산책시키고 있었다. 탱이가 응아를 하고 기분이 좋아졌는지 여우에게 놀자고 신호를 보냈다고 한다. 말썽꾸러기 여우는 누가 놀자고 하면 언제든지 오케이다. 둘은 뱅글뱅글 돌면서 놀았고, 느슨해진 틈을 타 탱이가 하네스 사이로 빠져나가 그대로 탈출해 버렸다.

여우가 없었으면 바로 뛰어가서 잡았을 텐데, 여우도 끌고 가야지 탱이는 약 올리듯 뛰어가고 있지……. 그야말로 멘붕의 상황! 그렇게 한참을 쫓아가다 잠깐 여우를 챙기는 그 찰나의 사이, 탱이가 진짜 사라졌다고 했다.

양평은 야산이 많아서 탱이를 잃어버리면 찾을 길이 없다. 게다가 인적 드문 시골길이라 차들도 쌩쌩 달려서 자칫 탱이가 도로로 나가기라도 하면 정말 큰일이었다. 호연이가 허둥지둥 탱이가 간 방향으로 뛰어가니, 한 아저씨가 서 계셨다고 했다. 아저씨께 혹시 검은색 목줄 풀린 강아지 보셨냐고 물어보니, 그 아저씨는 태연하게 "아, 그 개, 지금 우리 집 개랑 놀고 있어요."라고 말씀하셨다고. 설마설마하며 뒤따라갔는데 진짜 탱이가 제집마냥 남의 집에 들어가 마당에 있는 개랑 놀고 있더란다. 숨이 턱에 닿도록 뛰어다니며 찾아 헤맸는데, 해맑게 놀고 있는 모습을 보니 괘씸하면서도 한편으로는 탱이가 다치지 않고 무사히 돌아와 줘서 고마웠다고 한다.

마지막은 속초에서 있었던 일이다. 우리 가족뿐 아니라 시골 할머니부터 고모네 가족들까지 모두 다 같이 속초로 휴가를 갔다. 다 같이 유람선을 타자는 얘기가 나왔는데, 아쉽게도 강아지는 유람선에 탑승할 수 없었다. 결국 나와 호연이가 숙소에 남아 강아지들을 돌보기로 했고, 다른 가족들은 유람선을 타러 가기로 했다. 사람이 많아 문을 열고 나가는 데도 시간이 한참 걸렸다.

역시 우리의 탈출 전문가 탱이가 이 틈을 놓칠 리가 없다. 정신없이 나가는 사람들 틈으로 그대로 뛰쳐나가 버렸다. 게다가 이번엔 곰이와 여우도 같이 나갔다. 함께 지내면 닮는다더니……. 다행히 여우랑 곰이는 얼마 못 가 바로 잡혔는데 문제는 탱이였다. 탱이는 탈출 시 집사를 몇 번 따돌린 경험이 있어서인지 거침이 없었다.

먼저 집을 나선 동생이(삼촌 집사) 탱이가 뛰어가는 걸 보고 그대로 쫓아갔더란다. 2~3분간의 추격 끝에 탱이를 붙잡았는데(정확히는 탱이가 붙잡혀 줬는데), 그때 동생의 증언에 따르면 탱이가 달리면서 뒤를 한 번씩 돌아보는데 '오~, 제법 달리네?' 하는 표정이었다고……. 그 뒤로는 더욱더 조심하는 중이지만, 언제 또 시바들이 탈출할지 모르니 경계를 늦추지 말아야 한다.

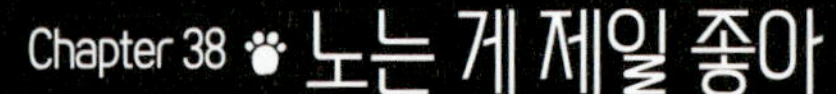

Chapter 38 🐾 노는 게 제일 좋아

양평에 있는 우리 집에서 차로 한 시간 떨어진 거리에 남동생 부부가 산다. 오늘 남동생 부부에게 갑자기 연락이 왔다. 금요일이라 기분도 좋고 퇴근길에 그냥 집에 가기 아쉬웠는지 집에 오겠다고 했다. 마침 우리도 곰이탱이여우와 산책을 하려던 참이어서, 중간 지점인 집에서 30분 떨어진 수목원에서 만나 같이 산책하기로 했다. 퇴근 후라 다소 늦은 시간에 도착하긴 했지만, 해가 길어져서 늦게 산책을 시작해도 아직 밝았다.

우리가 만나기로 한 수목원은 입장료가 있지만 넓고 쾌적한 데다 강아지와 같이 산책이 가능했다. 도착해 보니 산 절반이 다 수목원인 듯했고, 코스도 1시간 30분짜리 코스와 40분짜리 코스 두 가지가 있었다. 산에 있는 수목원이라 두 코스 다 너무 본격적인 느낌이긴 했지만, 그래도 나의 저질 체력을 생각해 40분짜리 코스를 선택하는 것으로 타협했다.

수목원은 오르막길투성이였다. 오르는 중간중간 사료도 먹이고 물도 먹이며 쉬엄쉬엄 갔다. 때마침 노을이 지고 있어서 예쁜 노을을 배경 삼아 사진도 몇 장 찍었다. 빨갛게 물들어 가는 하늘을 올려다보니 내가 좋아하는 사람들, 좋아하는 우리 곰이탱이여우와 예쁜 순간을 함께할 수 있어 행복하다는 생각이 들었다. 이런저런 생각을 하며 천천히 걷다 보니 어느새 40분 코스가 끝나 있었다. 실제로 1시간 이상 걸리는 코스라고 들었는데 체감상 훨씬 빨리 끝난 것 같았다. 그만큼 산책이 즐거웠던 것 같다.

코스 탐방을 마치고 수목원 입구에 다다르니 저 멀리 강아지 운동장이 보였다. 마침 수목원 이용객은 무료라서 곰이탱이여우를 데리고 운동장으로 들어갔다. 리드 줄을 풀기 무섭게 꼬리를 휘날리며 뛰어다니는 탱이. 매일 뛰어놀라고 큰맘 먹고 마당 있는 집으로 이사 왔는데, 집 마당에서는 데크에 누워 일광욕만 하던 녀석이 여기서는 보란 듯이 날쌔게 뛰어다닌다. 탱아, 그렇게 신나? 음……. 사람으로 치면 가끔 집에서 탈출해 호캉스 하고 싶은 마음이랑 비슷한 건가? 아무튼, 탱이가 이렇게 좋아하다니! 종종 돈 쓰러 와야 할 것 같다.

10월 4일, 여우의 생일을 맞아 파티도 할 겸 여우와 호캉스를 다녀왔다. 호텔에 도착하니 곳곳에 포토 존도 있어 사진도 많이 찍고 귀여운 강아지용 송편도 받았다. 시골 개였던 여우는 살면서 호텔 같은 델 처음 와 봐서 그런지 체크인하는 내내 바들바들 떨었다. 시골 마당에서 뛰어놀기만 해서 정작 엘리베이터도 몇 번 타 본 적 없는 우리 여우! 어이구~! 여우야, 그렇게 낯설어?

아직 눈에 보이는 모든 게 낯선 여우는 객실로 가기 위해 탄 엘리베이터가 무서웠는지 구석에 몸을 잔뜩 웅크리고 있었다. 하지만 객실에 도착하고 긴장이 풀렸는지 얼마 지나지 않아 여우가 소파 위에 누워 배를 뒤집고 잠들었다. 생일이라고 종일 운동장에서 실컷 뛰어놀고 맛난 음식도 잔뜩 먹었으니 그럴 만도 하지! 그래도 이번 기회로 우리 시골 개 여우가 도시의 문화(?)를 제대로 즐긴 것 같아 기뻤다.

강아지와 특별한 추억을 쌓는 일은 정말 중요하다. 특히 댕댕이들의 시간은 너무나 짧아서 매 순간 부지런히 추억을 만들어 두어야 한다. 그런 의미에서, 오늘 힘은 들었지만 부지런히 여우의 생일을 챙긴 건 잘한 일 같다. 아무래도 우리 여우가 막내다 보니, 언니 오빠들과 사랑을 나눠 받아 서운할 때도 많았을 텐데, 비록 하루였지만 종일 붙어서 여우에게 사랑을 듬뿍 줄 수 있어 좋았다.

　곰이탱이여우와 경주로 여행을 왔다. 여우가 오기 전, 곰이탱이와는 여행을 자주 다녔는데, 이렇게 여우까지 삼시바 모두 여행 가는 건 처음이라 정말 기대됐다. 특히 부산에서 학교 다닌 학생이라면 아주 잘 알겠지만, 경주는 수학여행과 봄 소풍의 필수 코스다.

　어릴 때는 반 친구들과 우르르 몰려와 첨성대도 구경하고 왕릉도 구경했는데 지금은 곰이탱이여우와 함께 걷고 있으니 기분이 이상했다. 요새는 황리단길과 카페 거리처럼 새로운 게 많이 생겨서 그런지 오랜만에 찾은 경주는 아주 젊어진 느낌이 들었다.

　곰이탱이여우와 경주에 오면 꼭 먹어 봐야 한다는 유명한 계란 김밥집을 찾았다. 역시나 줄을 서야 할 정도로 사람들이 많았다. 그렇게 줄서서 받게 된 김밥! 계란 지단을 수북이 쌓아 만들어서 그런지 아주 맛있었다. 간을 안 하고 똑같이 만들면 곰이탱이여우도 충분히 먹을 수 있을 것 같으니 다음에 꼭 만들어 줘야지!

　한옥이 즐비한 황리단길을 걷다 보면 집마다 강아지들이 묶여 있는 걸 볼 수 있다. 세상 모든 게 그저 궁금한 아기 여우는 길 가며 만난 개 친구들에게 다 인사하겠다고 난리다. 여우야, 온 세상 개 친구들과 다 인사하고 다니면 구경은 언제 하니? 여행 내내 우리 핵인싸 여우를 겨우 달래며 다니느라 혼났다.

매일 다른 곳을 산책하는 걸 좋아하는 곰이탱이. 만약 아침에 갔던 산책 코스를 오후에 또 가게 되면 곰탱이는 입구에서부터 그 유명한 '안가시바' 자세로 버티기에 돌입한다. 그래서 매번 산책 시간이 가까워지면 '이번엔 어디로 가야 하지?'가 나의 가장 큰 고민거리다. 이번 아침 산책도 마찬가지였다. 음, 그동안 양평 웬만한 곳은 다 돌아봤고…… 어디를 갈까 한참을 고민하다 결정한 곳, 바로 춘천이었다.

첫 코스는 청평사! 여행 좋아하는 곰이탱이여우는 새로운 곳에 오니 이리저리 냄새 맡느라 정신이 없다. 탱이는 기분이 좋은지 엉덩이를 흔들며 걸었다. 등산 코스가 그려진 알록달록 화려한 스카프를 삼시바 목에 두르고 산꼭대기 절까지 올라가는 길! 울창한 나무가 뜨거운 태양을 막아 주고 계곡물 따라 시원한 바람이 내려와 기분 좋게 등산을 할 수 있었다. 오르다 쉬어 가며 잠깐 계곡물에 발도 담가 보고 멋진 폭포도 구경했다. 특히 주말이라 등산객이 많았는데 마주치는 분마다 곰이탱이 여우를 예뻐해 주셔서 정말 감사했다.

등산을 마치고 내려오면 음식점이 줄지어 있다. 식당 내부는 어렵지만, 밖에서는 강아지와 함께 식사할 수 있다. 우린 산채비빔밥과 파전을 주문했는데 등산한 직후에 먹는 거라 그런지 정말 꿀맛이었다. 곰이탱이여우는 아침밥을 든든히 먹고 나와서 우리가 배를 채울 동안 시원한 냉수 한 잔씩을 마셨다.

두 번째 코스는 해바라기 밭! 카페에서 음료를 주문하면 해바라기 밭에서 사진을 찍을 수 있다. 해바라기들이 죽지 않게 스프링클러를 계속 틀어 두는데 글쎄, 우리 여우는 그 물을 잡겠다고 난리다. 물줄기가 솟아오르는 게 여우 눈에는 막대기처럼 보인 걸까? 입으로 물줄기를 잡으려고 노력해도 잡히지 않아 답답해하는 여우를 보니 웃음이 났다. 해바라기 밭 사이에 앉아 사진도 많이 찍고 달콤한 음료도 한 잔씩 마시고 제대로 힐링하고 집으로 돌아왔다. 정말 완벽한 하루였다.

11. 학교에 간 삼시바

수업 시간, 삼시바 학생들이 모여 있네요!
꾸꾸꾸

오! 의젓한 학생이네요.
아주 좋아요.
질문하겠시바.

곰이 학생은 하고 싶은 말이 많은가 봐요.
딱히
아무 이유 없음
아르르

그리고… 참 뇌 맑은 학생이네요!

12 🐾 삼시바의 좌담회

집사를 돕는 법
집사를 도우려면 항상 의젓하고 점잖아야 하개. 그러면….
댕이
의젓하기만 하면 안 되개. 원하는 걸 바로 말해야 집사가 우리가 원하는 걸 알 수 있다개.
우당탕
곰이
그만하고 밥 먹자개!
꺼억~
여우

시바 세끼

타코야키

재료

 쌀가루 종이컵 1.5컵

 락토프리 우유 0.5컵

 계란 노른자 1개

 가츠오부시 조금

 닭고기/돼지고기/소고기 중 택 1

 강아지 츄르 1봉지

 믹싱볼, 거품기

 타코야키 만들기 틀, 나무 송곳 1개

1

쌀가루에 계란 노른자를
넣고 섞어 주세요.

2

락토프리 우유를 조금씩
넣으며 섞어 주세요.

3

거품기를 들었을 때 뚝뚝
떨어지는 농도까지
섞어 주세요.

4

타코야키 속에 넣고 싶은
고기를 팬에 익혀 줍니다.
(닭고기, 돼지고기, 소고기 중 택 1)
돼지고기는 비계는 떼고
살코기만 넣어 주세요!

5

타코야키 만들기 틀에
반죽을 붓고 익혀 주세요.

6

나무 송곳으로 돌돌 말면서
동그랗게 모양을
만들어 줍니다.

노릇노릇하게 익으면 접시에 담고 강아지 츄르를
바르거나 가츠오부시를 올려 주세요.

Shiba Special

보쌈용 돼지고기

알배추 1개

빨간색 파프리카 1개

사과 반 개

당근 반 개

찜통

1

수육용 돼지고기를
물에 삶아 줍니다.

맹물에 삶아 주세요.

2

알배추, 씨를 뺀 파프리카,
당근을 찜통에 쪄 주세요.

당근은 살짝만 쪄 주세요.

과정

3

파프리카와 씨를 뺀 사과를
믹서기에 넣고 갈아
양념을 만들어 주세요.

4

숨이 죽은 알배추에
3에서 만든 양념을 고루 무쳐 주세요.

5

다 익은 돼지고기를 먹기
좋은 크기로 잘라 주세요.

강아지 보쌈&김치 완성!

고기에 파프리카 김치를 싸 먹으면, 끝~!

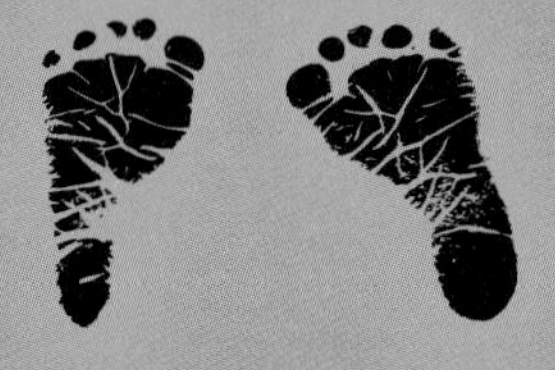

PART 3

괜찮아, 가족이야

- 곰이탱이여우솜이 이야기 -

 # 하늘에서 내려온 천사

주말을 맞아 동생 부부가 우리 집에 놀러 왔다. 그리고 곰이 탱이여우와 다 같이 도미노를 세우며 한참을 놀았다. (삼시바는 주로 도미노를 쓰러뜨리는 역할을 한다) 어릴 때 동생이랑 도미노 놀이를 참 많이 했었는데, 막상 다 큰 어른이 되어 해 보니 그때 추억도 생각나고 나름 즐거운 시간이었다.

재밌게 놀다 보니 슬슬 출출해지기 시작했다. 오늘은 저녁으로 고기 파티를 준비했다. 동생 부부는 상추와 깻잎을 씻고 호연이는 고기 불판을 준비했다. 그렇게 다 같이 신나게 저녁 준비를 하고 있는데 갑자기 온몸이 벌벌 떨리고 으슬으슬 오한이 느껴지기 시작했다. 갈수록 더 어지러워져서 아무것도 먹고 싶지 않았다. 이상하다. 분명 낮에 신나게 잘 놀았는데 이렇게 한순간 몸 상태가 나빠지다니……. 나중엔 도무지 앉아 있을 힘도 없어 저녁 식사도 거르고 그냥 방에 들어가 잠을 잤다. 저녁을 다 먹은 호연이가 내 상태를 확인하러 방에 들어와 불을 켰다.

쏭편님: 자기야, 괜찮아?

푸드드드푸더더덕~!

쏭편님: 어어? 이게 뭐야! 새가 왜 여기에 있어?

불이 켜지자 놀란 작은 새 한 마리가 푸드덕푸드덕 요란하게 방 안 이곳저곳을 날아다녔다!

쏭이님: 뭐? 그게 무슨 소리야? 새라니? 악???! 새가 있어! 방에 새가 있다고!

나는 조류 공포증이 있다. 그래서 새 깃털도 무섭고 새 발도 무서워한다. 보는 것도 무서운데……. 뭐? 내가 지금까지 새랑 같이 자고 있었다고? 너무 아파서 불도 안 켜고 그대로 침대에 쓰러져 잠들어 버리는 바람에 방 안에 새가 있는지도 몰랐던 거다. 작은 새는 푸드덕 날아다니

며 난리지, 호연이는 새를 잡겠다고 난리지, 나는 새가 무서워서 소리를
지르며 난리지, 곰이탱이여우는 이게 무슨 상황인지 어리둥절해 계속
짖으며 난리지, 아주 난장판이었다. 그렇게 모두가 멘붕에 빠져 있던 순
간! 새가 지쳤는지 갑자기 날갯짓을 멈추고 내 배 위에 사뿐히 내려앉았
다. 그러고는 잠시 쉬더니 호연이가 열어 둔 창문으로 호로록 날아가 버
렸다. 아니, 어떻게 우리 집에 들어온 거지? 아무리 생각해도 알 수가 없
다.

　작은 새 방문 사건이 있고 이틀 뒤, 나는 솜이를 임신한 사실을 알게
됐다. 이제 와 생각해 보니 아무래도 작은 새가 솜이 임신을 알려 주러
온 건 아닐까 싶었다. 태몽에서 작은 새는 여자 아기라고 하던데! 작은
새야, 직접 찾아와서 솜이 소식을 전해 주다니……. 조금 놀라긴 했지만
그래도 고마워!

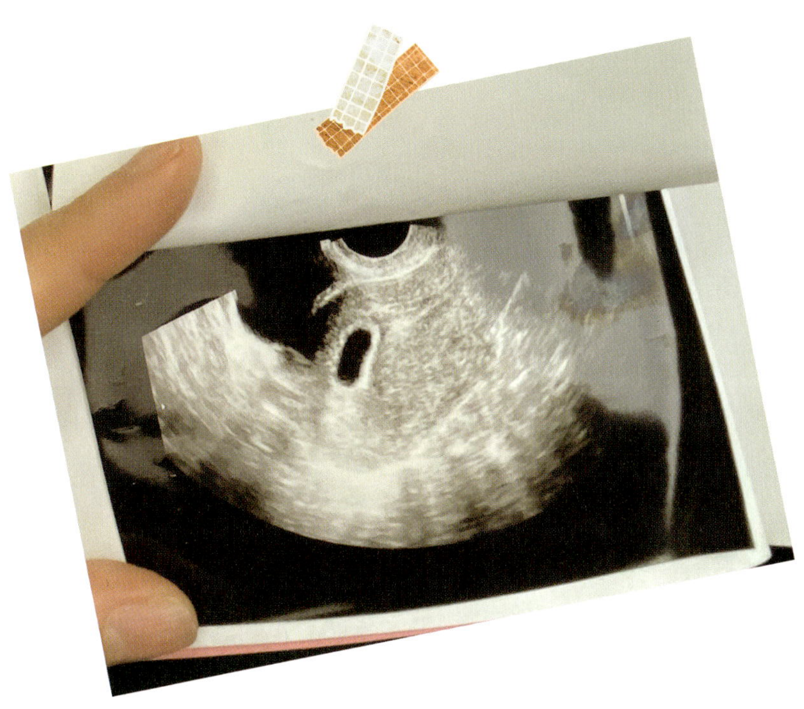

Chapter 43 · 엄마가 미안해

산책하러 나가기 전, 곰이탱이여우와 평소처럼 든든하게 저녁을 먹었다. 그때까지만 해도 곰이탱이여우가 응아도 잘 싸고 시원하게 물도 마셔서 별걱정 없었다. 그런데 즐겁게 산책을 다녀와서 잘 쉬고 있는데 탱이가 조금씩 구역질을 하기 시작하더니 갑자기 먹은 사료를 그대로 게워 내며 사료 토를 했다. 자주 있는 일은 아니어서 많이 놀랐다.

오늘은 간식 없이 딱 사료만 줬기에 이상한 걸 먹어서 그런 건 아닌 것 같고……. 산책할 때도 잘 뛰어다니고 이리저리 냄새도 잘 맡았는데. 게다가 응아 상태도 정말 좋았다. 그렇다면 대체 뭐가 문제란 말인가…….

놀란 마음을 진정시키며 검색해 보니 그제야 이유를 알 것도 같았다. 일단 오늘 탱이가 확실히 평소보다 밥을 많이 먹긴 했다. 그래서 밥 먹고 소화도 시킬 겸 나간 거였는데, 오늘 저녁은 날씨가 아주 후덥지근

해서 그런지 산책이 오히려 역효과가 났나 보다. 크게 심각한 문제는 아니라고 해서 한시름 놓긴 했지만, 다음부터는 사료 먹는 양이나 날씨도 잘 고려해서 산책 계획을 세워야겠다는 생각이 들었다.

풀 죽어 누워 있는 탱이를 보니 마음이 너무 아팠다. 예전엔 이것저것 먹어도 탈 한번 없이 모두 잘 소화했는데……. 누구보다도 에너지 넘치고 체력 좋던 탱이가 많이 늙은 것 같아 슬펐다. 내가 임신한 후로는 몸이 무거워 자주 놀아 주지도 못해 가뜩이나 마음이 안 좋았는데, 아파서 누워 있는 모습을 보니 너무 속상했다. 앞으로 탱이와 보내는 시간을 좀 더 늘려야겠다.

Chapter 44 🐾 배 타고 떠나는 제주도

곰이탱이여우와 함께 태교 여행을 떠났다. 우리는 완도에 있는 애견 펜션에서 하루를 보내고 다음 날 아침, 배를 타고 제주로 향했다. 목포에서 출발하는 배는 강아지가 출입할 수 있는 곳에선 케이지 밖으로 강아지를 꺼낼 수 있었지만, 완도에서 출발하는 배는 케이지 안에서 절대 꺼내면 안 된다는 엄격한 규정이 있어 조금 걱정됐다. 하지만 목포 배는 4시간 이상이 걸리고 완도 배는 1시간 20분이면 제주도에 도착하는 쾌속선이라 우리는 굵고 짧은 여정을 택했다.

그리고 한 가지 팁인데, 완도에서 페리를 탈 경우 창가 쪽 패밀리 좌석을 선택하면 강아지 케이지를 테이블 위에 올려 두고 눈을 마주치며 편안하게 갈 수 있다. (일반석은 좌석 간격이 너무 좁아 케이지를 발밑에 둘 수 없고 복도에 둬야 하는데, 그러면 지나가는 사람들의 통행을 방해할 수 있어 계속 신경이 쓰인다)

나는 전화로 페리를 예약했는데 그때 동행하는 강아지가 3마리라
고 말씀드리자, 직원분께서 창가 쪽 패밀리 좌석으로 예약을 도와주셨
고 덕분에 편하게 갈 수 있었다. 제주로 가는 동안 여행 베테랑 시바인
곰이탱이는 케이지 안에서 배까지 뒤집고 잤다. 그에 반해 여우는 조금
불안해하긴 했지만, 생각보다 조용히 잘 기다려 줬다. 날이 좋고 너울도
낮아서 큰 멀미 없이 무사히 제주도에 도착할 수 있었다. 좋아, 이제 신
나게 한번 놀아 볼까?

태교 여행 중, 제주도 협재 해수욕장에 다녀온 날이었다. 저녁을 먹긴 했지만 조금 부족했는지 금방 출출해져서 숙소 앞 편의점에 들러 삼각김밥과 구운 계란을 샀다. 그리고 문을 열고 나오니, 편의점 뒤편에서 어슬렁거리고 있는 흰둥이, 진도 믹스 한 마리가 보였다. 아, 혹시 이 녀석이 저녁만 되면 편의점 주변을 어슬렁거린다는 바로 그 녀석인가? 제주도에 처음 도착했을 때 나는 못 봤지만 가족 모두가 이 녀석을 목격했다고 해서 궁금했는데, 이제야 이 녀석과 마주하게 되었다! 얼굴을 자세히 들여다보니 눈도 동그랗고 참 귀엽게 생겼다.

하지만 안쓰럽게도 이 녀석은 우리 탱이보다 더 마른 데다, 살던 곳에서 탈출했는지 목줄이 뜯겨 있었다. 꼭 우리 여우같이 생긴 흰둥이! 다만, 여우는 살이 포동포동하고 사랑도 많이 받아서 얼굴에 구김 하나 없이 맑은데, 이 아이는 거리를 돌아다니며 질 나쁜 음식을 구걸해 먹고 다닐 걸 생각하니 마음이 아팠다.

그래서 곰이탱이여우와 나눠 먹으려고 산 소중한 구운 계란 하나를 흰둥이에게 까 줬다. 그런데 이놈이 내 소중한 계란 노른자를 안 먹는다! 우리 삼시바들은 계란 껍데기 '탁'하는 소리만 들어도 흥분해서 달려올 만큼 없어서 못 먹는 건데. 이 녀석, 식성이 제법 까탈스럽다. 아무래도 사람들이 먹는 자극적인 음식에 길들어서 그런 걸까?

편의점에 들르는 손님들이 강아지가 먹을 수 있는 건강한 음식을 챙겨 줬을 확률은 매우 낮다. 아마도 소시지처럼 짠 음식이나 단 음식들을 주로 던져 줬겠지. 깡마른 모습이 그저 안타까우면서도 저렇게 짜고 단 음식을 많이 먹으면 건강에 안 좋을 텐데 하는 걱정이 먼저 들었다. 이 세상 모든 댕댕이들, 불쌍한 애 하나 없이 전부 다 사랑받고 잘 살았으면 좋겠다.

Chapter 46 🐾 입덧이 도움이 될 때가 있네?

　오늘은 제주도를 떠나 집으로 가는 날! 길었던 여정인 만큼 정들었던 제주도를 막상 떠나려니 왠지 시원섭섭했다. 또 한편으로는 어젯밤부터 시작된 비바람에 배가 뜨지 않으면 어쩌나 싶어 걱정했다. 비바람에 너울이 3m까지 이르기도 했지만, 다행히 풍랑 주의보는 해제되어 무사히 배가 출항할 수 있었다.

　우리는 제주도에 왔을 때와 같은 배를 탔다. 올 때는 빨리, 편안하게 왔으니 당연히 갈 때도 그럴 거라고 예상했다. 하지만 날씨가 흐리고 너울이 높으니 배 타고 가는 내내 바이킹을 타고 있는 기분이 들어 불편했다. 이렇게나 흔들릴 줄은 몰랐는데, 생각보다 배가 너무 흔들려 온 가족이 멀미로 고생했다. 자리에 꼭 붙어 앉아 있어야 해서 불편하기도 했고. 움직이지도 못하는 데다 탱이는 계속 토하고 곰이는 꾸꾸꾸 울어 대고, 여우도 멀미 때문에 힘든지 쭉 누워만 있다.

그런데 이상하다. 다들 멀미 때문에 쓰러져 있는데 왜 나만 멀쩡하지? 속이 좀 울렁거리긴 해도 막 죽을 만큼 힘들진 않았다. 난 평소에 뱃멀미가 심한 편인데…… 왜 이렇게 멀쩡한 걸까? 아무래도 뱃멀미나 입덧이나 둘 다 속이 울렁거리는 게 비슷하다 보니, 계속되는 입덧에 이골이 난 나에겐 뱃멀미쯤(?)은 이제 큰 타격이 없던 게 아니었을까? 불행인지 다행인지, 나는 매일 입덧이라는 배를 타고 있으니 실제로 뱃멀미를 겪어도 큰 어려움이 없었던 것 같다. 음, 그래도 이렇게 힘들어하는 가족들을 지켜보니 강아지와 함께 제주-완도 쾌속선을 탈 땐 꼭 너울이 1m 정도일 때만 이용해야 할 것 같다.

Chapter 47 🐾 **샤인머스캣이 너무해**

임신 27주 4일, 배가 제법 불렀다. 그래서인지 아침 산책 잠깐에도 아랫배가 묵직하고 힘들다. 걸음도 평소에 걷는 속도보다 10배는 느려진 거 같다. 어느 날은 횡단보도를 건너는 도중에 신호가 바뀌어 당황스러웠다. 평소엔 아무 생각 없이 금방 건너던 횡단보도를 막상 내가 임산부가 되어 힘겹게 건너고 보니 노약자들은 매번 긴장하며 건넜겠구나 싶었다.

여느 때처럼 산책을 마치고 집에 돌아가는 길. 오늘은 집에 가기 전 점심과 저녁에 먹을 찬거리를 사기 위해 마트에 들렀다. 하지만 마트에 강아지가 함께 들어갈 수는 없기에, 곰이탱이여우는 차에 잠시 두고 얼른 다녀와야 했다. 최대한 서둘렀지만 오늘도 생각대로 따라 주지 않는 야속한 몸! 마음은 급한데 몸이 무거워 빨리 움직일 수 없어 답답했다.

그런 와중에 호연이가 날 두고 빠른 걸음으로 마트 안으로 서둘러 들어갔다. 당연히 곰이탱이여우를 생각하면 빨리 장을 보고 차로 돌아가야 한다는 걸 잘 알지만 그래도 혼자 먼저 가 버리니 섭섭한 기분이 드는 건 왜일까. 이런 내 마음을 알았는지 저만치 앞서가다가 멈춰서 나를 기다려 주는 호연이. 그리곤 성큼성큼 걸어가 평소에 내가 먹고 싶어 했던 샤인머스캣을 카트에 멋지게 담는다. 윽, 내가 이렇게 마음이 약한 사람이었다니……. 집에 가서 달콤한 포도를 먹을 생각하니 어느새 서운했던 마음이 사르르 녹았다.

샤인머스캣은 진짜 달콤하다. 아마도 과일 중에서 가장 단 것 같다. 다섯 알만 뜯어 먹었는데도 입 안 가득 퍼지는 이 달콤함! 이틀 뒤에 당뇨 검사 받아야 해서 맘껏 못 먹는 게 정말 아쉽다! 이렇게 맛있는 건 우리 곰이탱이여우도 함께 나눠 먹으면 참 좋을 텐데, 안타깝게도 강아지는 포도를 먹으면 안 된다고 한다. 아직 명확한 원인은 밝혀지지 않았지만, 포도는 강아지에게 청산가리 같은 독극물이라나. 이렇게 달고 맛있는데 강아지에게 줄 수 없다니……. 정말 슬프다. 이거 너무 가혹한 거 아니야?

Chapter 48 🐾 쫄보와 안 쫄보

양평에 살 때, 가볍게 집 근처를 한 바퀴 돌며 운동하기 위해 탱이와 여우를 데리고 집을 나섰다. 임신 중기에 혼자 나가면 위험할 수 있으니 할머니도 함께 가셨다. 호연이는 걱정되니 그냥 집에서 쉬는 건 어떠냐고 물었지만, 임신 후 많이 못 움직였던 탓에 몸이 찌뿌둥한 느낌이라 좀 걷고 싶어서 그냥 탱이여우 핑계로 나가겠다고 고집을 부렸다.

그렇게 집에서 나와 탱이여우와 한적한 시골길을 걷고 있을 때였다. 갑자기 뒤에서 오프리쉬(Off-Leash) 대형견이 우리를 쫓아오는 게 보였다. 그것도 그냥 궁금해서 오는 게 아니라 자기 영역에 들어왔다고 위협하는 표정이었다.

큰 개의 갑작스러운 등장에 놀란 탱이는 그 와중에 나를 지켜야 한다고 생각했는지 내 앞을 막고 큰 개를 향해 열심히 짖어 댔다. 지금 뱃속에 솜이가 없었다면 당장 큰 개와 한판 붙었을 텐데, 그러지도 못하고 주변에 살려 달라고 소리만 질렀다. 하지만 한적한 시골길이라 듣는 이가 없었다. 어떻게 해야 하나 막막한 그 순간, 119 구조대 트럭이 지나갔다. 진짜 기적 같았다.

부랴부랴 1톤 트럭 뒤에 올라타고 보니 여우가 보이지 않는다. 큰 개를 보고 놀라서 할머니가 줄을 놓치셨는데 그 틈에 여우가 혼자 살겠다고 도망을 간 것이다. 다행히 멀리 가지는 않아서 금방 찾았는데 나를 끝까지 지키겠다는 탱이와 너무 비교된다. 탱이야, 나 지켜 줘서 고마워! 정말 감동이야! 그리고 여우야, 여우도 잘했어. 다른 개에게 물리는 것보다는 도망가서 안전한 게 더 낫지.

줄 풀린 대형견은 근처 할아버지 혼자 사는 집 마당에 묶여 있는 아이인데, 힘이 너무 좋아 할아버지가 키우기 힘들어하신다는 이야기를 전해 들었다. 다시는 이런 일이 생기지 않아야 하겠지만, 그래도 혹시 이런 일이 생길 경우를 대비해서 곰이탱이여우, 솜이를 지켜 줄 수 있는 호신술을 좀 배워야겠다.

13  태교 여행

14 🐾 어색한 예행 연습 💧

솜이를 맞기 위해 매일 아기 인형과
동거 중인 곰이탱이여우.

서로 익숙해지려면 시간이 필요하다.
※ 아기 인형의 시선

힘들어도 천천히 적응하는 시간을 가져야
하~암!

솜이야, 어서 와!
안전하고 행복하게
새 가족을 맞이할 수 있다.

Chapter 49

🐾 솜아, 반가워!

　조리원에서 퇴소하고 드디어 솜이가 우리 집에 왔다. 솜이가 오자마자 곰이탱이여우는 새 가족과 인사하고 싶어 난리가 났다. 처음에는 우리 가족 모두 곰이탱이여우가 솜이에게 어떤 반응을 보일지 몰라 걱정이 앞섰다. 바로 솜이와 가깝게 인사시키기 부담스러워 일단은 아기방에 솜이를 따로 눕혔다. 방문에 울타리를 설치하자 탱이는 들어가면 안 되는 줄 알고 조용히 거실로 나가 버렸는데, 곰이와 여우는 울타리에 주둥이를 쑥 꽂아 넣고 문 열어 달라고 구슬프게 울어 댔다.

쏭이님: 얘들아, 지금은 아기가 너무 어리니까, 우리 나중에 아가 크면 인사하자~!

쪼곰이: 꾸꾸! 꾸꾸꾸꾸!

여　우: 꾸잉…….

　얘들아, 아기가 그렇게 보고 싶어? 울타리 앞에 붙어 앉아 서럽게 울고 있는 모습을 보니 마음이 아팠다. 이렇게나 아쉬워할 줄은 몰랐는데……. 너무도 간절한 곰이와 여우의 모습에 결국 호연이와 나는 고민 끝에 우리 둘이 있을 때, 곰이탱이여우가 아기를 만나는 건 허락하기로 했다. 우리가 지켜보는 가운데 울타리 문을 슬쩍 열자 기다렸다는 듯이 들어와 솜이 냄새를 맡는 곰이와 여우. 그렇게 한참 냄새를 맡더니 아예 솜이를 에워싸고 누웠다. 물론 곰이탱이여우가 솜이를 잘 대해 줄 거라 믿고 있었지만, 내심 걱정했다.

그런데 이런 내 걱정이 무색할 정도로 곰여우는 솜이를 아기 강아지처럼 잘 돌본다. 곰이는 솜이가 응아하면 기저귀 갈아 주라고 성화를 부리고 탱이와 여우가 솜이 근처에서 시끄럽게 떠들면 달려가서 자기가 더 시끄럽게 짖으며 탱여우를 혼낸다. 여우는 솜이만 보면 핥으려고 하는데, 발바닥도 핥고 손도 핥고 머리도 핥으려고 한다. 아직 솜이가 어리니까 못 핥게 하는데도 틈틈이 기회만 노린다.

탱이는 솜이가 궁금하지만, 그래도 아직 낯선가 보다. 곰여우 없을
때 조용히 아기방에 들어와 솜이 발 냄새만 맡고 조용히 나간다. 아무래
도 탱이는 친해지는 데 시간이 좀 더 필요한가 보다. 앞으로도 강아지와
아기를 함께 두는 건 계속 조심해야겠지만, 곰이탱이여우가 나름의 방
법으로 솜이를 받아 준 것 같아 고맙다.

　조리원 퇴소 후, 솜이와 집에 온 첫날부터 아마 보름 정도는 제정신이 아니었던 것 같다. 육아가 힘들다는 건 워낙 많이 들어서 나름대로 만반의 준비를 했는데, 그래도 막상 겪는 건 차원이 다른 일이었다. 새벽 2~3시만 되면 아무 이유도 없이 자지러지게 울어 대는 솜이로 인해 곰이탱이여우도 새벽에 잠 못 이루고 달려와 그 주변을 어슬렁거렸다.

무엇보다도 솜이가 울 때마다 뭘 원하는지 바로바로 알아채는 것이 제일 어려웠다. 출산한 지 얼마 안 됐을 때라 몸도 아직 덜 풀린 데다 젖몸살 때문에 가슴은 계속 화끈거렸다. 솜이가 직수를 잘 못해서 유축이 필요했는데, 그때마다 몸을 웅크리고 하다 보니 어깨, 등이 너무 아팠다. 게다가 1~2시간마다 우유를 먹여야 하다 보니 통잠은 꿈도 못 꾸고 쪽잠이라도 자면 그나마 다행이었다.

평소 솜이를 돌보느라 내가 아기방에 오래 있으면 곰이여우가 주둥이를 울타리에 꽂아 넣고 걱정스러운 표정으로 나를 바라본다. 나는 그럴 때면 곰이여우를 안심시키기 위해 울타리 문을 열어 잠시 들어오게 해 솜이 냄새를 맡게 해 준다. 곰이는 솜이 냄새를 한참 맡더니 내 옆에 아예 자리를 잡고 누웠다. 사실 곰이탱이여우도 아직 엄마의 관심이 많이 필요할 텐데. 솜이를 신경 쓰는 만큼 곰이탱이여우와 산책할 시간도, 장난감 가지고 놀아 줄 시간도 줄어들어 많이 미안했다.

어느 날은 잠든 솜이의 작은 발가락을 보는데 갑자기 눈물이 왈칵 쏟아졌다. 그냥 작고 귀여운 아기 발일 뿐인데……. 울면서도 스스로가 이해되지 않았다. 하지만 얼마 지나지 않아 그 이유를 깨달았다. 그동안 나는 솜이와 곰이탱이여우를 모두 잘 돌보려면 힘들어도 엄마니까, 그냥 다 이겨 내야만 한다고 생각했다. 그리고 그게 당연하다고 생각했다. 그러면서 정작 나 자신을 걱정하지도, 돌보지도 않았고 그 과정에서 몸과 마음이 너무 지쳐 버렸다. 사실은 내가 행복해야 솜이도 곰이탱이여우도 행복하고 건강하게 크는 건데. 난 그동안 왜 완벽해야만 한다고 생각했을까?

우선, 무언가 잘 안 풀리는 일에 대해 긍정적으로 생각하고 스트레스를 최대한 줄여 보기로 했다. 솜이는 다른 아이들에 비해 입도 짧은 데다가 먹는 족족 게워 냈다. 처음에는 솜이가 우유를 먹고 토하면 그저 안쓰럽고 속상했다. 하지만 생각을 바꾸기로 한 후엔 '괜찮아! 토할 수도 있지! 다음번엔 우유 먹고 속이 편해질 수 있도록 더 도와줘야겠다!'라고 생각하기로 했다. 그리고 새벽에 아기가 울어도 예전처럼 허둥대지 않고 덤덤하게 아기의 마음을 헤아리려고 노력했다.

그렇게 며칠을 노력하니, 새벽에 아기가 울어도 곰이탱이여우가 달려오지 않게 되었다. 정말 신기하다. 변한 건 내 마음뿐인데 강아지들의 마음도 한결 편안해 보였다. 아, 곰이탱이여우는 그동안 아기 울음소리 때문에 예민해진 게 아니라 출산과 육아로 예민해진 나를 걱정하고 있었구나. 곰이탱이여우야, 그동안 엄마 걱정해 줘서 고맙고 못 챙겨 줘서 미안해!

189

Chapter 51 🐾 탱이는 아기가 어색하개

탱이는 보수적인 멍멍이다. 그래
서 그런지 익숙하지 않은 걸 맞닥뜨리
면 심기가 유독 불편해 보인다. 특히
솜이가 아직 아기라 갑자기 소리를 지
르거나 이리저리 기어 다니는 돌발 행
동들을 할 때가 많은데, 탱이는 아무
래도 이런 솜이가 영 부담스러운 눈치
다.

가끔은 쉬고 있는 탱이에게 솜이
가 놀자고 가까이 다가갈 때가 있다.
그럴 때 탱이는 솜이에게 더 이상 다
가오지 말라고 눈치를 준다. 하지만

아기들은 이를 알아채기 어렵기 때문에 자칫하면 위험해질 수 있다. 그래서 우리는 고민 끝에, 아기와 강아지 모두를 위한 몇 가지 규칙을 만들었다.

첫 번째, 절대 아기와 강아지만 두지 않는다.

두 번째, 아기와 강아지가 함께 있을 때는 다른 행동을 하지 않고 아기에게만 집중한다.

평소에는 최대한 솜이와 탱이의 공간을 분리하고 부부가 함께 있을 때만 둘을 한 공간에 있도록 한다. 서로에게 익숙해지고 즐거운 기억을 만들 수 있도록 솜이와 탱이만 데리고 산책하고, 탱이에게 맛있는 간식도 먹였다. 처음에 탱이는 솜이가 근처에 오는 것도 싫어했는데, 이제는 솜이가 옆에 앉아도 크게 신경 쓰지 않는다. 심지어 탱이가 먼저 솜이에게 다가와 냄새를 맡고 가기도 한다. 하루아침에 완전히 변할 수는 없겠지만, 매일 꾸준히 노력하면 탱이의 마음이 열리는 날이 오겠지? 묵묵히 우리를 잘 따라와 주는 탱이가 참 고맙다.

　　아기와 강아지를 함께 키우는 보호자라면 당연히 늘 긴장하고 아기와 강아지의 모습을 예의 주시해야 한다. 그래서 우리는 늘 긴장 상태이다. 하지만 한 지붕 아래 모두가 함께 행복하게 살기 위해서는 당연히 그래야 하는 법! 솜이가 더 자랄 때까지, 팽팽한(?) 긴장 속에서 최대한 즐겁고 행복한 시간을 보낼 수 있도록 궁리해야겠다.

 # 솜이 전담 곰디가드

솜이는 기저귀에 쉬야를 하거나 응아를 해도 찝찝하다고 우는 법이 없다. 내가 읽었던 육아 서적에서는 아기가 쉬야나 응아를 하면 기저귀 갈아 달라고 그렇게 운다던데……. 지금이야 엄마 노릇에 적응해서 기저귀를 수시로 점검하지만, 솜이가 신생아일 때만 해도 초보 부모였던 우리는, 별다른 반응이 없는 솜이가 응아를 했는지 쉬야를 했는지 바로바로 확인을 못 했다.

그런 우리가 답답했던 걸까? 어느 날부터 곰이가 육아 도우미를 자처하고 나섰다. 솜이가 응아를 하면 곰이가 달려와 솜이 엉덩이 냄새를 열심히 맡는데, 그러면 우리는 솜이가 지금 응아한 상태라는 걸 알 수 있다. 완전 응아 소식통이 따로 없다. 역시 개 코는 개 코다! 자, 기억하자! 곰이가 솜이 엉덩이 냄새 맡으면 백 프로 응아. 쪼곰이 덕분에 초보 엄빠가 조금이나마 일손을 덜었다.

Chapter 53 🐾 여우와 솜이는 단짝

임신 막달에 솜이 출산을 앞두고 이런저런 고민이 많았다. 특히 아기 솜이와 강아지 곰이탱이여우가 잘 지낼 수 있을까에 대한 걱정이 제일 컸다. 새로운 가족, 나아가 새로운 생명을 맞이하는 일인 만큼 서로의 다름에 적응할 시간이 최대한 많으면 좋겠다는 생각이 들었다. 솜이를 맞이하기 전, 우리 가족은 아기 인형을 구매해 곰이탱이여우와 예행 연습을 하기로 했다.

평소 의젓한 탱이와 섬세한 성격의 곰이는 처음부터 큰 걱정이 없었다. 실제 연습할 때도 곰이탱이는 아기 인형의 냄새만 맡거나 핥는 정도에 그쳤으니까. 하지만 문제는 여우였다. 여우는 아기 인형의 얼굴을 깨물고

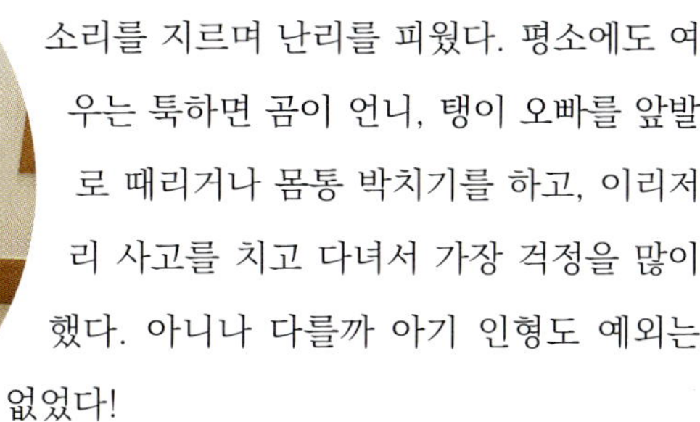

소리를 지르며 난리를 피웠다. 평소에도 여우는 툭하면 곰이 언니, 탱이 오빠를 앞발로 때리거나 몸통 박치기를 하고, 이리저리 사고를 치고 다녀서 가장 걱정을 많이 했다. 아니나 다를까 아기 인형도 예외는 없었다!

우리 여우는 기분이 좋으면 그걸 온몸으로 표현한다. 가령 두툼한 앞발을 들고 우리 몸을 퍽퍽 소리가 날 정도로 아프게 친다던가……. 우리는 여우의 그런 행동이 악의가 있어서 그런 게 아니라 여우만의 행복을 표현하는 방식이라는 걸 아주 잘 알고 있다. (맞는 우리도 같이 행복하면 참 좋으련만!) 뭐, 우리야 적당히 여우의 장단에 맞춰 좋아해 주면 되지만, 만약 여우가 이제 태어날 아기에게도 좋다고 앞발로 퍽퍽 때리거나 몸통 박치기를 한다면? 생각만 해도 아찔했다. 과연 앞으로 여우와 솜이는 잘 지낼 수 있을까?

하지만 내 걱정은 정말 기우였다. 여우는 솜이가 오자마자 언제 그랬냐는 듯 세상 둘도 없는 의젓한 강아지로 변했다. 솜이가 울면 제일 먼저 달려와 핥아 주고, 솜이가 실수로 털을 뽑아도 잠깐 놀랄 뿐 짖거나 화 한번 내지 않는 우리 여우. 밥 먹듯 솜이에게 배를 뒤집어 애교를 부리는 건 기본이고, 솜이가 장난감을 가지고 놀거나 까까를 먹고 있어도 절대 뺏지 않고 옆에서 가만히 쳐다보고 있다.

비록 침으로 바닥이 흥건해질지라도!

우리 집 사고뭉치, 말썽꾸러기 여우는 솜이의 등장과 함께 이제는 누구보다 의젓한 언니 강아지가 되었다. 정말 신기하게도 내가 우려한 문제 행동은 정말 단 한 번도 하지 않았다. 여우도 아기는 소중히 대해야 한다는 걸 아는 걸까? 평소 생각 없이 사는 줄만 알았는데, 이럴 때 보면 또 생각이 깊은 착한 아이다. 솜이 앞에선 영락없이 천사로 변한다. 여우의 바람직한 이중인격, 진짜 칭찬해~!

Chapter 54 🐾 야생 너구리의 공격

수원으로 이사 온 뒤의 어느 날, 곰이탱이여우와 호수 공원 산책로를 걷고 있었다. 그때였다. 풀숲에 숨어 있던 너구리가 갑자기 튀어나와 탱여우를 공격하려 했다. 당시 할머니는 여우를 데리고 있었고 나는 탱이를 데리고 있었는데 이놈의 너구리는 비교적 덩치가 큰 사람은 공격하지도 않고 강아지만 집요하게 공격했다. 야생 너구리를 실제로 본 건 처음이어서 얼떨떨했다. 이렇게 평온한 산책길에서 야생 너구리를 마주치게 될 줄이야! 야생 너구리는 이빨이 정말 날카로워 위험하기도 하지만 무엇보다 너구리에게 물리면 광견병에 걸릴 수 있어 당장 이 자리를 피하는 게 시급했다.

나는 고래고래 소리를 지르며 탱이를 끌고 무작정 뛰기 시작했다. 할머니와 여우가 잘 따라오는지 확인하려고 뒤돌아보니, 응? 할머니가 너구리와 맹렬한 싸움을 하고 계셨다. 나는 할 수 없이 여우와 할머니를

구하러 다시 돌아갔다. 너구리가 도망가지 않고 계속 위협하자, 이번에는 탱이가 자신이 우리 식구들을 구해야 한다고 생각했는지 갑자기 너구리에게 짖으며 달려들려고 했다. 정말, 난리 난리 생난리가 따로 없었다! 오른손엔 탱이를 잡고 왼손엔 할머니 손목을 잡아 냅다 끌고 그 자리를 박차고 나왔다.

그 영역을 벗어나자 너구리가 더는 쫓아오지 않았다. 세상에……. 산 좋고 물 좋은 양평에 살면서 고라니, 꿩 같은 야생 동물은 많이 봤지만 도심 한복판 산책로에서 야생 너구리의 공격을 받다니! 놀란 가슴이 쉽게 진정되지 않았다. 탱이도 몹시 흥분했는지 침을 잔뜩 흘렸다. 다행히 우리 시바들은 날렵해서 물린 곳은 없었다.

개발로 인해 서식지를 잃은 너구리들이 도심의 공원으로 가족들을 데리고 내려온다는 기사를 읽긴 했지만 이렇게 실제로 마주치게 될 줄은 몰랐다. 너구리와 싸우고 싶지 않은 마음은 너구리 가족에게 전달할 수 없으니, 견주들이 최대한 조심하는 수밖에. 기억하세요! 너구리를 발견하면 일단 강아지를 번쩍 들고 냅다 도망가는 게 상책이란 것을……．

오늘은 태어나서 처음 집이라는 곳에 갔솜.

아직은 아무것도 보이지 않지만,
언니 오빠가 수다쟁이인 건 알겠솜.
꾸웅
오롤롤롤

답답하긴 하지만 분명히 느낄 수 있는 건,

내가 살던 집처럼 이 집도 따뜻하다는 거솜.

16 탱이의 육아 일기 

사실 난 솜이가 아직 어색하개.
!
애써 못 본 척

평소 혼자 있는 걸 좋아해서 더 그런 것 같기도….
세상 편안

뭐, 동생들이 잘하고 있어서 딱히 육아라고 할 건 없지만.
….
그냥 지나가는 중
다 나가개….
아르르

아무튼, 거리를 두고 지켜보는 게 내 방식이개.
잘 먹고 쑥쑥 크개.

솜이가 애착 인형을 꼭 안고 다니면 얼마나 귀여울까? 걷다가 귀여운 인형을 마주칠 때면 자연스레 솜이가 안고 있는 모습을 떠올려 본다. 그래서일까. 제주도 태교 여행 땐 귀여운 당근 인형을 사고, 쇼핑하다가 귀여운 외모와 보들보들한 촉감에 꽂혀 토끼 인형을 사고, 할머니가 솜이 생각에 또 토끼 인형을 사고, 할아버지가 보들보들한 인형을 사고……. 그렇게 우리 가족이 솜이를 위해 홀

린 듯 사다 모은 애착 인형만 무려 4개다.

그런데 예쁘고 좋은 인형을 사다 줘도 솜이는 도통 관심이 없다. 우리 솜이가 물건에 대한 애착이 없는 편인가 고민하던 그때, 운명처럼 만난 인형 하나. 여느 때처럼 이케아 매장에 갔는데, 전시된 수많은 인형 중에 아기 솜이가 하필(?) 판다 인형에 꽂혀 버렸다. 솜이는 판다를 소중하게 꼭 안아 주더니 집에 갈 때까지 붙들고 놓지 않았다. 그동안 솜솜이가 어떤 한 물건을 10분 이상 쥐고 있는 걸 본 적이 없던 나로서는 조금 놀랐다. 솜이의 판다 사랑은 집에 와서 본격적으로 시작되었는데, 자고 일어나면 판다부터 찾고 잘 때도 판다를 안고 잤다.

아니, 솜이야……. 판다보다 부들부들하고 귀엽게 생긴 인형들이 집에 많은데 왜 하필 판다에 꽂힌 거니? 비싼 토끼 인형도 사 왔는데 비교적 저렴한(?) 판다 인형만 찾는 솜이. 한편으로는 조금 섭섭하기도 했다. 예쁜 원피스 입은 솜이가 귀여운 토끼 인형을 꼭 안고 다니는 상상을 했는데……. 현실은 조금 덜 귀여운 판다 인형만 소중하게 안고 다니는 솜솜이! 역시 아기는 엄마의 취향대로 따라오지 않는다. 이미 사 둔 인형이 아깝긴 하지만 한편으로는 솜솜이가 개인적인 취향이 생긴 거 같아 기뻤다.

개취하니까 생각난 건데, 사실 곰이탱이여우도 확실한 개취가 있다. 그래서 그런지 내가 아무리 비싸고 좋은 걸 사다 줘도 우리 시바들은 취향에 안 맞으면 절대 쓰질 않는다. 비싸고 예쁜 그릇에 사료를 담아 주고 싶어도 곰이는 매번 넓적한 그릇만 찾고, 탱이는 볼이 넓은 그릇만 찾는다. 아 참, 여우는 아무 데에나 줘도 다 잘 먹는다.

그릇뿐만 아니라 쿠션도 마찬가지다. 아무리 비싸고 좋은 걸 사 줘도 쓰지 않는 경우가 정말 많다. 누웠을 때 견체 공학적으로 편한지, 쿠션감은 적당한지 이것저것 예민하게 따지는 곰이탱이! 사 줬는데 하나도 안 써서 무료로 나눈 것도 제법 있다. 아 참, 여우는 아무 데에나 잘 누워서 잔다. 아기나 강아지들이나 아무리 좋은 거라고 해 줘도 자기들이 싫으면 그만이다. 까다로운 고객님들 입맛 맞추는 게 여간 어려운 게 아니야~!

아빠 아직 안 잔다개······

곰이탱이여우 장난감을 살 때는 암묵적인 규칙이 하나 있다. 바로 모양, 색깔, 크기가 같은 장난감 3개를 살 것! 만약 이 조건에서 하나라도 충족되지 않는다면……, 그땐 전쟁 시작이다!

곰이탱이여우 모두 모양과 크기가 같은 장난감이어도 색이 조금이라도 다르면 굳이 자기가 가지고 놀던 장난감을 버려 두고 다른 멍멍이가 가지고 노는 장난감을 뺏는다. 곰이는 여우의 장난감을 뺏고, 여우는 곰이탱이의 장난감을 뺏고, 탱이는 곰이의 장난감을 뺏고……. 아니, 다양한 종류로 즐겁게 갖고 놀라고 기껏 고민해서 사 줬더니 놀기는커녕 서로 자기가 갖겠다고 싸우고 있는 곰이탱이여우! 도대체 왜 그러는 걸까?

이 문제를 해결하기 위해 머리를 굴리다 해결책을 생각해 냈는데, 바로 누구 건지 알 수 없게 아예 모양도 크기도 색도 똑같은 장난감을 던져 주는 것! 이 방법은 꽤나 효과적이었지만 생각지도 못한 부분에서 또다시 난관에 봉착했다. 다름 아닌, 이제 막 바닥을 기어 다니게 된 솜이다. 솜이가 자꾸만 엄청난 속도로 기어가 곰이탱이여우가 가지고 놀던 장난감을 낚아채 입으로 넣으려 한다는 것!

다행히도 입에 넣기 전에 무사히 막긴 하지만 그래도 아찔했던 적이 한두 번이 아니다. 오늘도 솜이는 굳이 여우가 가지고 노는 장난감을 빼앗겠다고 생떼를 부린다. 솜이야, 장난감이 없는 것도 아닌데 왜 굳이 여우 장난감을 빼앗으려고 하니? 에고, 오늘도 우리 착한 여우는 솜이에게 장난감을 빼앗기고 만다.

혓바닥만 내밀고 가만히 옆에서 지켜보고 있는 우리 착한 여우. 솜이야, 지금 여우 언니 기다리고 있다! (얼른 돌려줘, 제발~!)

Chapter 57 🐾 곰이에게 솜이는 강아지 동생?

모두가 즐거운 식사 시간, 곰이에게는 다소 특이한 버릇이 있다. 밥을 주면 바로 먹는 탱이여우와 달리, 밥그릇 앞을 가만히 지키고 앉아 있다가 밥을 다 먹은 탱이나 여우가 근처로 다가오면 그제야 우걱우걱 사료를 먹는 상황극을 즐겨 한다는 것.

곰이는 오늘도 밥을 받자마자 바로 먹지 않고 가만히 앉아 탱이나 여우가 언제 오는지 눈동자만 이리저리 굴리고 있다. 밥상머리 상황극 마니아답게 오늘도 물오른 연기를 선보이기 위해 피나는 연구를 거듭하는 곰 배우! 오늘도 일종의 밥 지키고 먹는 상황극을 선보이실 셈인가? 하지만 엄숙한 표정으로 감정을 끌어올리고 있는 곰이가 안타까울 만큼, 탱이와 여우는 정작 곰이 밥그릇에 일말의 관심도 없어 보인다.

보다 못한 나는 솜이를 안은 채, 빨리 먹으라는 잔소리 시전을 하려고 곰이 곁으로 다가갔다. 솜이가 곰이 등을 쓰다듬기 위해 손을 뻗은 순간, 응? 갑자기 쪼곰이가 사료를 먹기 시작했다! 곰이야, 너 왜 솜이가 다가가니까 사료 먹어? 혹시 곰이는 솜이를 아기 강아지로 오해하고 있는 걸까?

곰곰이 생각해 보면 곰이 입장에서도 틀린 생각은 아닌 것 같다. 솜이는 요즘 네 발로 바닥을 빠르게 잘 기어 다니고, 구강기라 눈에 보이는 건 일단 입에 넣고 보는데, 언제든 기회만 된다면 충분히 곰이의 사료를 빼앗아 먹고도 남는다. 저번에도 솜이가 벅벅 기어가다가 바닥에 떨어져 있던 사료 한 알을 입에 넣고 오물오물한 적이 있는데, 그래서 그런지 곰이는 솜이가 자기 사료 빼앗아 먹는 걸 경계한다. 덕분에 갑자기 열심히 밥 먹기 시작하는 우리 쪼곰이! 아무래도 곰이는 솜이를 아직 세상 물정 모르는 아기 강아지 정도로 여기는 게 분명하다.

Chapter 58 🐾 성대모사의 달인 솜솜이

엄마, 아빠, 까까, 맘마에 이어, 솜솜이가 할 줄 아는 단어가 하나 더 늘었다. 이제 멍멍도 할 줄 안다! 솜이도 자기가 말해 놓고 신기한지 막 신나서 소리를 지른다. 처음엔 작게 뱉었는데, 말할수록 자신감이 생기는지 점점 목소리가 커졌다.

멍멍! 멍멍! 멍멍멍!

어느 날, 가만히 누워 낮잠을 자던 탱이가 개 짖는 소리에 깜짝 놀라 벌떡 일어났다. 그리곤 콧바람을 슉슉 내뿜으며 창문으로 뛰어가 밖을 살펴보기 시작한다. 사실은 우리 솜이가 낸 소리인데 우리 탱이는 진짜 개가 짖은 줄 알았나 보다. 낯선 개가 침입한 줄 알고 갑자기 열심히 보초를 서기 시작한 탱이!

강아지 성대모사 달인 솜이와 완전히 속아 넘어간 탱이. 정말 환상,
아니 환장의 짝꿍이 따로 없다.

Chapter 59 🐾 솜솜이는 곰이탱이여우 재질

곰이탱이여우를 데리고 오후 산책하러 나가야 하는데……. 오늘은 어째 하늘이 어둑어둑하고 흐리다. 평소 날씨가 좋으면 솜이도 같이 가는데, 아무래도 오늘은 중간에 추적추적 비가 내릴 거 같아 솜이는 잠시 할아버지에게 맡겨 두기로 하고 모처럼 곰이탱이여우만 데리고 나서기로 했다.

그런데 큰일이다. 산책하러 나갈 때마다 곰이탱이여우에게 하네스를 채우는 모습을 본 솜이가 자기도 데려가는 줄 알고 잔뜩 기대하고 있는 눈치다. 아니나 다를까, 곰이탱이여우만 데리고 나가려고 하니 솜이가 자기도 가겠다고 서럽게 울어 댄다. 할아버지가 계속 오라고 불러도 싫다고 양손을 흔들며 닭똥 같은 눈물만 흘리는 솜이.

서럽게 우는 아기 솜이만 두고 나가려니 엄마로서 마음이 좋지 않았다. 그렇다고 비가 올 게 뻔한 날씨에 데리고 나갔다가 솜이가 감기라도 걸리면 그건 더 큰 문제가 될 수 있다. 그러니 오늘은 정말 어쩔 수 없다. 솜이야, 이렇게 할 수밖에 없는 엄마 마음도 이해해 줘…….

하지만 아직 9개월밖에 안 된 아기 솜이는 이 상황이 이해될 리 없고 대성통곡을 멈출 줄 모른다. 마음속으로 저렇게 울면 힘들 텐데 하며 오도 가도 못하고 있던 그때, 할아버지가 꺼내 든 비장의 무기가 있었으니! 바로 군고구마 간식이었다. 고구마는 달짝지근해서 솜솜이가 정말 좋아하는 간식 중 하나다. 군고구마를 보자마자 바로 눈물을 뚝 그치더니 할아버지 품에 쏙 안겨 참새처럼 입을 쩍 벌리는 우리 솜솜이. 그렇게 우리 모두, 고구마 하나로 쉽게 평화를 얻었다.

혹시나 해서 '솜이, 엄마랑 산책할래?' 물으니 솜이는 대꾸도 없이 고구마만 맛있게 먹는다. 달콤한 군고구마 하나로 엄마는 잠시 잊었나 보다. 누가 가족 아니랄까 봐, 간식만 있으면 낯선 사람도 의심 없이 따라가는 자본주의 시바 곰이탱이여우를 닮았다.

예전에 지인이 여우를 간식으로 유혹한 적이 있다. 그때 여우는 우리가 있는데도 뒤도 안 돌아보고 지인을 따라갔다. (정확히는 간식을 따라간 거지만) 그때도 황당하고 어이가 없었는데 믿었던 우리 솜솜이마저 고구마에 정신을 팔려 엄마를 잊어버리다니! 아니지, 오히려 다행인 건가?

아무튼, 군고구마 덕분에 조용히 산책 잘 다녀왔어요!

Chapter 60 🐾 육아는 어려워

　요즘 매일 드는 생각이 있다. 그것은 바로…… 육아는 너무 어렵다는 것! 솜이를 낳기 전에는 좋은 엄마가 되고 싶어 육아 서적을 열심히 읽었다. 그때는 그래도 이렇게 열심히 읽고 고민도 많이 해 봤으니, 비록 초보 엄마일지라도 막상 부딪히면 잘할 수 있을 거란 근거 없는 자신감이 있었다. 그래서 조리원 퇴소 후에도 얼마간은 아직 적응 단계라 이렇게 힘든 거겠지 생각했다. 하지만 그것은 아주 큰 착각이었다. 시간이 흘러 익숙해질 법도 한데, 여전히 육아는 어렵다!

4개월 때는 옹알이를 그렇게 잘 하더니, 7개월이 되었는데도 왜 말을 안 하는 걸까? 솜이는 왜 나랑 눈을 안 마주치는 걸까? 내가 책을 읽어 주면 왜 싫어할까? 열심히 준비한 장난감도, 촉감놀이도 왜 금방 싫증 낼까? 무엇보다 갈수록 솜이의 짜증도 늘었다. 뭘 원하나 싶어 안아도 보고 바닥에 내려놔 보기도 하고, 장난감을 주기도 하고, 배고픈가 싶어 밥도 줘 보고, 기저귀도 확인해 보고……. 혹시 졸려서 그런가 싶어 안아서 재우려고 하면 자는 건 또 싫다고 고래고래 소리를 지른다. 여기서 초보 엄마는 뭘 더 해 줘야 하는 걸까?

사실 곰이탱이여우를 데리고 왔을 때도 마찬가지였다. 지금껏 단 하루도 쉬운 날은 없었다. 탱이를 처음 데려왔을 때는, 밤새 자지 않고 뛰어다니는 탱이를 달랠 줄 몰라 뜬눈으로 밤새운 채, 다음 날 피곤을 어깨에 두르고 출근했다. 곰이를 데려왔을 때는 눈에 보이는 건 돌멩이든 담배꽁초든 닥치는 대로 주워 먹는 식탐 때문에 산책할 때마다 곰이의 일거수일투족에 온 신경을 썼다. 여우는 한동안 응아를 먹어서 맘고생했고.

　그래도 고생 끝에 깨달은 것이 한 가지 있다. 그 과정에서 마주치는 문제들은 그저 사랑만 많이 준다고 해결되지 않는다는 것! 말이 안 통하는 귀여운 털 뭉치들과 잘 살기 위해선 집사가 먼저 '노오력'해야 한다. 나 역시 말썽꾸러기 털 뭉치들을 위한 여러 훈련법을 독학하고 주변 전문가도 만나 조언을 들으며 문제점을 개선하기 위해 부단히 노력했다. 그 덕분일까. 다행히도 곰이탱이여우 모두, 큰 사고 없이 귀여운 털 뭉치 댕댕이로 지금까지 우리와 함께하고 있다.

　곰이탱이여우와 함께한 시간은 즐겁고 행복했다. 하지만 서로의 다름을 받아들이고 익숙해지는 과정은 정말 힘들었다. 다만 그렇기에 지금 우리가 이렇게 잘 지내고 있는 게 아닐까? 물론 아기 솜이와는 앞으로 더 많은 시간이 필요하겠지만. 솜이야, 앞으로 엄마, 아빠와 오래오래 행복하게 살자. 곰이탱이여우 언니, 오빠와도 사이좋게 잘 지내고!

　아직 갈 길이 멀지만 괜찮다. 우린 가족이니까!

17 곰이의 육아 일기 

출근 도장 꾹~! 난 오늘도 솜이를 지킨다개.
집중

솜솜이, 밥은 먹었냐개? 춥진 않냐개?

솜이를 지키려면 아주 24시간이 모자라개.
그냥 지나가시바….
아르르

그래도 귀여운 솜이를 보면 피곤이
싹 달아나시바. 이런 게 육아인가 보개.
쪼곰이! 이제 그만 쉬어!
퀭~
※ 현재는 여우가 솜이를 지킨다고….

18 여우의 육아 일기

이 아기의 이름은 솜이개.

솜이는 작고 소중해서 평소처럼 날뛰면 큰일 나시바.
얌전~

곰이 언니 대신 내가 솜이 곁을 지키게 된 후로 솜이와 나는 단짝이 되었개.

솜이야, 오래오래 같이 살자개!
폭풍 애교
까르르

제 1교시 **곰이탱이여우솜이 영역** **1**

〈기본 문제〉 책의 내용 및 일상 사진을 바탕으로 만든 문제입니다.

1. 다음 중 곰이의 별명은 무엇일까요?

① 쭈꾸미 　　　　　　　　② 탄빵

③ 흰뚱또 　　　　　　　　④ 반죽

2. 입양 전, 탱이가 처음으로 불렸던 이름은 무엇일까요?

① 똘이

② 장군이

③ 마루

④ 레모나

3. 다음 중 여우의 특징은 무엇일까요?

① 자기가 공주인 줄 아는 새침데기

② 핵인싸

③ K-장남

④ 가슴팍의 멋진 불사조

4. 선물처럼 이 세상에 태어난 아기 천사 솜이의 생일은 언제일까요?

① 3월 13일

② 7월 1일

③ 12월 25일

④ 10월 4일

5. 모두가 즐거운 식사 시간, 곰이만의 특이한 버릇은 무엇일까요?

① 반만 먹고 남기기

② 밥 지키고 먹는 상황극 펼치기

③ 쏭이님이 "먹어!"라고 할 때까지 기다리기

④ 사방에 사료 흘려 가며 먹기

6. 시바견 곰이탱이여우 채널의 첫 영상은 무엇일까요?

① [Hey Tang] 졸린 탱이(shiba Inu)

② [Hey Tang] 시바탱이 앉아 하면 앉는 탱이(shiba Inu Tang)

③ [Hey Tang] 시바탱이 첫 산책(shiba Inu)

④ [Hey Tang] 개껌 먹는 탱이(shiba Inu 시바견)

7. 쏭이님과 쏭편님을 맘고생하게 만들었던 여우의 이것은 무엇일까요?

① 식분증

② 식탐

③ 식중독

④ 식곤증

8. 처음으로 솜이의 취향을 저격한 동물 인형은 무엇일까요?

① 곰 인형

② 개구리 인형

③ 토끼 인형

④ 판다 인형

9. 호수 공원 산책로를 걷는 쏭이님과 곰이탱이여우를 위협한 동물의 정체
는 무엇일까요?

① 뱀 　　　　　　　　　② 삵
③ 너구리 　　　　　　　④ 까치

10. 곰이탱이여우의 산책을 따라가고 싶어 대성통곡했던 솜이의 울음을 단
번에 그치게 한 할아버지의 비장의 무기는 무엇일까요?

① 장난감
② 성대모사
③ 군고구마
④ 수박

[11~13] 다음 사진을 보고 문제를 풀어 보세요.

11. 누구의 발바닥일까요?

① 곰이 　　　　　　　　② 탱이
③ 여우 　　　　　　　　④ 옆집 강아지

12. 곰이가 할 말이 있나 봐요. 다음 중 곰이가 하고 싶은 말은 무엇일까요?

① 산책 안 나가시바?
③ 잠시 혼자 있고 싶개…….
② 밖에 누가 있는 것 같다개…….
④ 목욕은 싫다개!

13. 다음 중 어린 탱이의 모습이 아닌 것은 무엇일까요?

〈실전 문제〉 여기서부턴 시바견 곰이탱이여우 유튜브 채널 영상을 바탕으로 만든 문제입니다.

14. 강아지 번역기로 번역한 곰이의 첫 마디는 무엇일까요?
① 나는 배고프다!
② 나는 당신을 사랑한다!
③ 뽀뽀해라!
④ 내가 제일 잘나가!

15. 개엄살 대마왕 탱이가 크게 소리 지를 만큼 무서워하는 이것은 무엇일까요?
① 낯선 사람　　　　　　② 벌레
③ 주사　　　　　　　　④ 천둥

16. 삼시바 중 유일하게 여우만 잘하는 이것은 무엇일까요?
① 눈으로 욕하기
② 하울링 하기
③ 앉아서 위아래로 팔 휘젓기
④ 자기 집에 물건 모으기

17. 치열했던 '2021 제1회 시바 대상 시상식'에서 베스트 커플상을 수상한 팀은 어느 팀일까요?
① 솜이-곰이　　　　　　② 솜이-탱이
③ 솜이-여우　　　　　　④ 곰이-여우

18. 개통령 강형욱 훈련사님을 당황시킨 곰이의 돌발 행동은 무엇일까요?

① 계속 꾸꾸거리기
② 훈련사님 자리 뺏기
③ 여우와 몸싸움 하기
④ '안 가시바' 자세 하기

19. 탄빵 탱이의 식빵 굽는 온도는 몇 도일까요?

① 180℃
② 33.7℃
③ 29.9℃
④ 30.4℃

20. 쏭이님이 여우의 3살 서프라이즈 생일잔치에서 만들어 준 요리가

아닌 것은 무엇일까요?

① 치킨
② 피자
③ 3단 케이크
④ 타코야키

21. 1살 생일을 맞이한 솜이가 돌잡이에서 처음으로 잡은 것은 무엇일까요?

① 청진기   ② 돈
③ 다이아몬드 버튼   ④ 집 문서

[22~25] 다음은 시바견 곰이탱이여우 유튜브 채널의 영상 섬네일 사진들입니다. 영상의 제목을 유추해 빈칸에 써 보세요. (주관식)

22

↳

23

↳

24

↳

25

↳

제1회 시바 모의고사 정답

1. ①	2. ②	3. ②	4. ③
5. ②	6. ④	7. ①	8. ④
9. ③	10. ③	11. ③	12. ①
13. ②	14. ①	15. ③	16. ②
17. ③	18. ②	19. ②	20. ④
21. ④			

22. 강아지 주인이 바뀌어 버렸습니다

23. 강아지가 진심으로 신났을 때 표정

24. 갯벌에서 놀았더니 회색 신발이 생겼어요

25. 아기 앞에서 성질을 참지 못한 강아지

곰이탱이여우솜이
화보

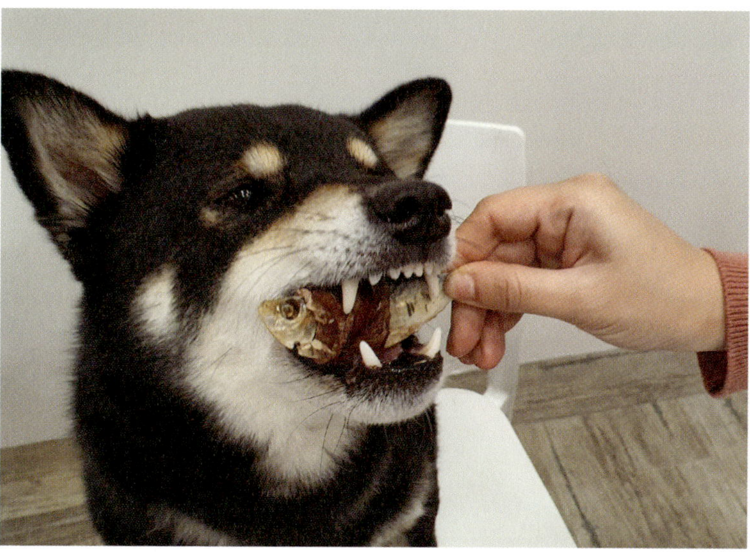

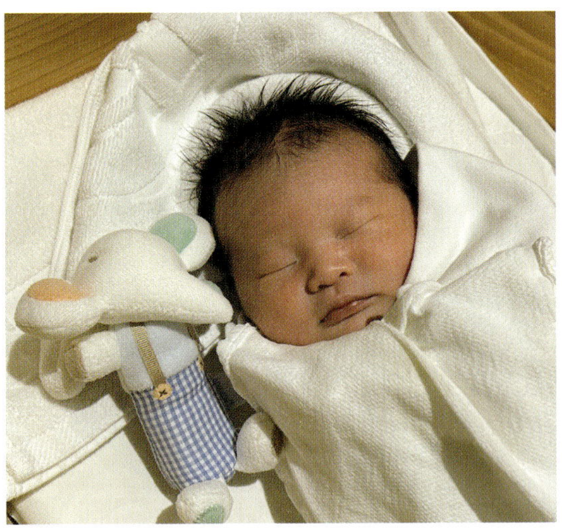

용돈주세요
까까사먹게

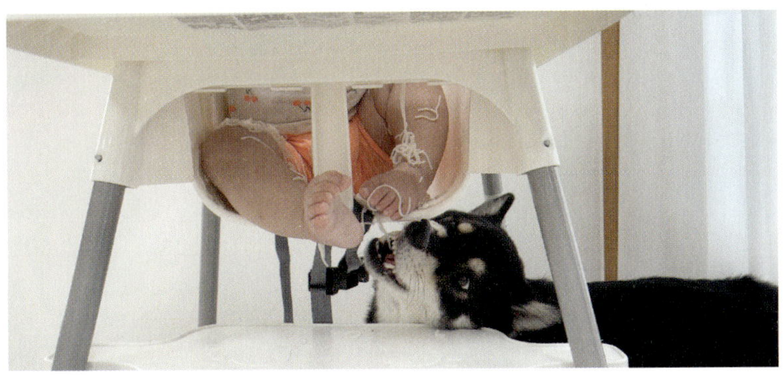

텅장이 돼도 오히려 좋아
곰탱여우 집사일기

초판 1쇄 발행 2022년 02월 24일

지은이 쏭이님
펴낸이 송경민
편집 이연지, 김혜영, 이지은
디자인 손한나, 안은정
마케팅 최민아
감수 CJ ENM 다이아 티비
도움 주신 분 박은별, 정수영

펴낸곳 다독임북스
출판등록 제25100-2017-000042
주소 서울특별시 구로구 디지털로33길 48, 1104호
전화 02-6964-7660
팩스 0505-328-7637
이메일 gamtoon@naver.com

값 16,000원
ISBN 979-11-90983-07-5